作者祖父方汝成先生（1896–1972）

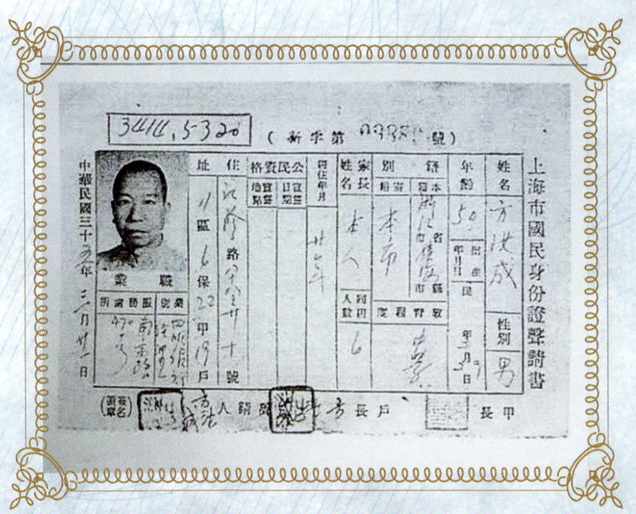

3416,5320（新字第 [illegible] 號）

上海市國民身份證聲請書

姓名	性別	年齡	籍別	家長姓名	家屬人數	住址
方汝成	男	50	本市	本人	6	11區6保22甲19戶

中華民國三十五年三月廿一日

聲請人　戶長　甲長

上海市档案馆藏民国时期方汝成户籍资料

春柳词 柳絳子

遥而含愁因風助態江南二月青時少婦登樓惜他或許相思流鶯處處啼都巧織柔條搖曳絲絲散黃金持贈旗亭勞燕東西 逢人莫便纖腰舞縱青娥若輦渭城誰知張緒風流鬢和情更濃濃天涯一霎飛花猴也應嗟墮溷泥怨東風吹醒芳魂吹老芳姿

一醉花陰 李清照

薄霧濃雲愁永晝瑞腦清金獸佳節又重陽玉枕紗幮半夜涼初透東籬把酒黃昏後有暗香盈袖莫道不清魂簾捲西風人比黃花瘦

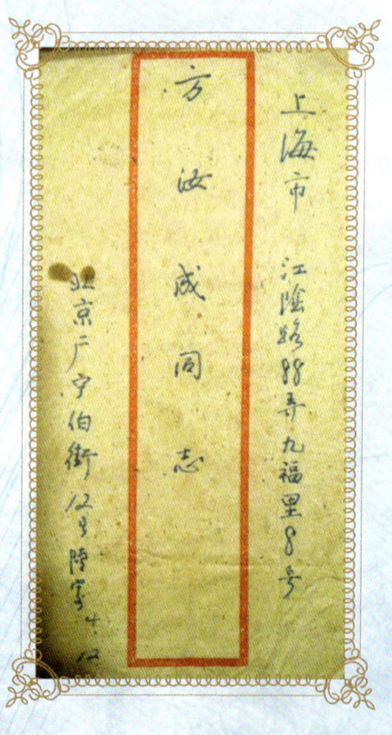

方汝成先生墨宝及书信影印件

作者祖母年轻时留影（民国初年）

全家福，摄于上海（1945年）

（前左祖母、前右祖父、后左小姑妈、后中父亲、后右大姑妈）

作者父母结婚时合影（1947年）

祖父、祖母、姐姐和作者合影（1956年）

(后右祖父方汝成、后左祖母樊翠娥、前左姐姐方协伦、前右作者)

合影于人民公园（1959年）

(前作者、中姐姐、后父亲)

合影于人民公园（1961年）

(右一祖母、中祖父、左一父亲、前作者)

作者与父亲合影于
吴钧陶伯伯家（1961年）

作者摄于上海外滩（1967年）

合影于上海外滩（1963年）

(后左方建丰、前中方卫伦、后右作者、后中方协伦)

合影于上海中山医院（1970年）

(左方乐颜、中方汝成、右方五康)

全家福，摄于南京西路大庆照相馆（1971年）

（前左母亲钱雨梅，前右父亲方五康，后排左一妹妹方卫伦、左二姐姐方协伦，后排右一弟弟方建丰、右二作者）

作者摄于临潼骊山（1968年）

作者与父亲合影于临潼华清池（1968年）

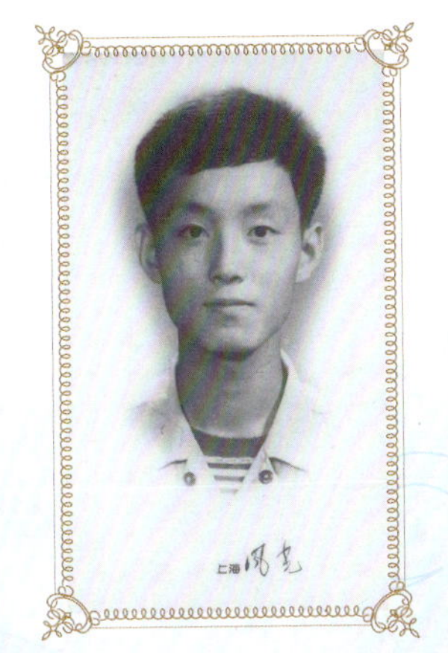

作者摄于中学时代（1970年）

作者摄于太湖鼋头渚（1974年）

作者与未婚妻杨明琍合影于上海西郊公园（1979年）

作者与妻子杨明琍合影于美国纽约华尔街（2010年）

作者在化工建筑公司竞聘工程队队长（1987年）

作者赴工地慰问职工（1991年）

作者在德国明斯特考察（1996年）

(左为蒋应时团长)

作者作为特邀代表参加上海外滩
综合改造工程竣工典礼（2009年）

作者登上上海中心顶层，高度632米（2015年）

作者在江西吉安考察（2008年）

（左作者，中刘统老师，右张新军同学）

作者摄于北京天安门（2008年）

作者与香港四嬷嬷合影（1999年）

作者与伯伯方资敏合影于洛杉矶（2010年）

作者与叔叔方资慧合影于华盛顿家中（2010年）

作者与表妹刘方萌合影于洛杉矶（2010年）

作者与美国伯伯、嬷嬷合影（2010年）

（左一方资敏伯伯、左二夏莉嬷嬷、右二杨明琍、右一作者）

作者与伯伯顾长声合影于波士顿（2013年）

作者与妻子杨明琍合影于燕云楼（2015年）

2010年美国巴尔的摩家庭聚会的全家福。(照片中的成年人大都
美国商界、医学界、科技教育界等领域。） 方资敏伯伯（前排右三
国立足、发展起到奠基作用。照片中的家庭成员排名不分先后，名单

Matthew Chen	Cai Wen	Isaac Solnick	Andrew Solnick
Andrew Chin	Ming Li Yang	Phyllis Ford	Pilar
Dora Ching	Kenneth Markert	Margaret Keane	Jimmy Fong
Ya Li Fang	Lydia Chen	Iris Chen	Natasha Chan
Phillip	Tiffany	Ashwyn	Anu
Nicholas Chan	George Ching	Lawrence Fong	Jean Fong
Richard Wong	Soli Fong	Karen Fang	Fred
Guo Jian	Eric Fang	Michael Fang	Caroline Fong

理工学院、哈佛、斯坦福、哥伦比亚、普林斯顿等大学，至今活跃在
美就读麻省理工学院，毕业后在美创业，事业有成，为我们家族在美

rkert

Sharon Fong
Christine Solnick
Thomas Chan
Fang Zi Jie
Maya
Dunne Fong
Calvin Zhao
Kelley Fong

Ivan Fong
Naomi Solnick
Justin Fong
Jeffrey Fong
Elizabeth Fong
Mary
Alicia Zhao
Shelley Chan

Teh Feng Fang
Valerie Ching
Renee Fong
Kenneth
Yi Feng Fang
Lenny Chan
Artesha Chan
Kenny Chan

Michelle
Isabel
Julia Chen
Andrew
Julia Ching
Kristine Chan
Steven Ford

作者退休日感慨发言（2015年）

好友妙春(右)为作者祖父方汝成先生120周年诞辰书写条幅（2016年）

一中集

方毅丰 著

上海远东出版社

图书在版编目（CIP）数据

一中集 / 方毅丰著 .—上海：上海远东出版社，
2017
ISBN 978-7-5476-1269-9

Ⅰ. ①一… Ⅱ. ①方… Ⅲ. ①散文集 – 中国 – 当代
Ⅳ. ① I267

中国版本图书馆 CIP 数据核字（2017）第 082005 号

一中集
方毅丰　著
策划 / 黄政一　责任编辑 / 黄涵清　封面设计 / 李　廉

出版：上海世纪出版股份有限公司远东出版社
地址：中国上海市钦州南路 81 号
邮编：200235
网址：www.ydbook.com
发行：新华书店　上海远东出版社
上海世纪出版股份有限公司发行中心
制版：南京前锦排版服务有限公司
印刷：上海市印刷二厂有限公司
装订：上海市印刷二厂有限公司

开本：890×1240　1/32　印张：6.25　插页：9　字数：150 千字
2017 年 7 月第 1 版　2017 年 7 月第 1 次印刷
印数：1–1050 册

ISBN 978-7-5476-1269-9/I · 329
定价：48.00 元

谨以此书献给我敬爱的祖父方汝成

长孙　方毅丰

2017.5.5

目录 Contents

人物篇

随思篇

写好自己的历史

这是老方的第一本文集，他请我为书写个序。

我和老方是同时代人，也有过很相似的人生经历。我们从小生长在红色年代，被教育成为爱党、爱国、爱人民的共产主义接班人。但是到了“文革”，由于出身不好，一下变成了“黑五类”。这些风雨磨难，使我们比常人更早地成熟起来。老方的第一份工作是建筑队泥瓦工人，当时是最苦的活，但他不怕苦不怕累，兢兢业业地做好自己的事情。

到了改革开放时期，老方逐步做了领导，同时努力完成了自己的学业。他领导的公司承担了许多重要的任务，特别是2001年国家重点工程西气东输上海段管线工程、2005年上海轨道交通机电设备安装工程、2008年上海著名的外白渡桥修复工程等。这些工程体现了上海工程技术的较高水平，也和他的辛勤努力密切相关。改革开放的三十年，也是他充分发挥聪明才智的三十年，人生达到了辉煌的顶点。

进入不惑之年后，老方开始求学寻道，从课堂上、书本中去解决思想上的一个又一个疑问，从中得到了点滴启发。心灵的升华使他感受到了人生的意义，对真理的追求使他收获了越来越多的愉悦。他开始把这些所见所闻所思写下来，积累成了这本《一中集》。

人民本来就是创造历史的主人。人民群众有精彩的历史故事吗？当然有，而且很多，问题是谁能把它们记录下来。其实我们这些在新中国成长起来的一代，每个人都有过跌宕起伏的经历。老方把自己的经历写下来了。他记忆力好，还善于观察。从他写自己出生的九福里，我们看到了新老上海交替的缩影。他笔下书香门第出身的祖父和劳动人民出身的丈母娘，都让我们看到了中国人的传统美德。无论逆境顺境，都要活得问心无愧。老方的父亲早年从上海援建西北，也改变了儿子的命运。老方从上海人的精致，感染了西北的粗犷。一个小孩突发奇想地中途下车游南京，站在高空的架子上砌烟囱，“文革”中的苦难被他写出了生动。这就是普通人的历史，也是那个时代的缩影。“艰难困苦，玉汝于成”，回顾那段生活，我们没有哀怨，而是磨炼自己的意志，为后来承担重任奠定了基础。

小时候我们被教育要“胸怀祖国，放眼世界”。改革开放打开了国门，也使我们大开眼界，看到了一个完全不同的世界。老方也有机会走出国门，周游世界。他有无限的好奇心，观察西方的先进，吸取不同民族文化的精髓，更新自己的思想观念。而这一切都是为了把自己的事业做得更好。中国人是聪明的，在改革开放中更显示出强烈的求知欲。正因为如此，我们才能大踏步地缩小和西方文明的差距，建设出一个让世界震惊的当代中国。

到了知天命的年纪，老方回到课堂求学。在复旦的读书班，他学国学、西学、历史，是个勤奋的学生。我带班到井冈山实地

考察，在三湾的树下，在富田的祠堂，老方都陷入了沉思。当一个人有了丰富的社会实践和阅历，再回来读书，感受是不一样的，从中可以思考更深层次的问题，提高个人的修养和洞察力。这就是“问道”。当一个人达到这种境界的时候，那种愉悦是难以用语言表达的。

《一中集》的篇篇文字，展现了老方的人生路程。青年时代，我们都读过苏联作家奥斯特洛夫斯基的《钢铁是怎样炼成的》，其中有一段话：“人最宝贵的是生命，生命属于人只有一次。一个人的生命应当这样度过：当他回忆往事的时候，他不会因虚度年华而悔恨，也不会因碌碌无为而羞愧；在临死的时候，他能够说：‘我的整个生命和全部精力，都已献给了世界上最壮丽的事业：为人类的解放而斗争。’”我们这代人可以这样说：我们的生命和精力，都献给了中国的改革开放和现代化建设。老方就是其中的一员，这就足以自豪和欣慰了。

刘统

2016年3月于上海交通大学

采风篇

风景不在别处

九福里

九福里弄堂口

每个有生命的人都有自己的根，没根的人生如同漂泊的浮萍。到了耳顺之年，我寻思我的根在哪里？我的根在九福里。九福里在哪里？在上海江阴路（旧称孟德兰路）。江阴路东起黄陂北路，西至成都中路（今南北高架路位置），全长约400米。小时候马路路面是弹格路。虽然江阴路不长，过去柴、米、油、盐商店，大饼店、水果店、南货店，学校、托儿所、医院却一应俱全，还有老虎灶（泡开水的店）。同裕里弄堂口，摆着租借小人书（连环画）的摊头。弟妹曾去过的57号托儿所，现在改作青年国际旅行社等。弟妹曾读过书的江阴路小学，原来是佛教寺庙护国寺，现在那里是社区服务中心。江阴路一度还是美国剩余物资的调剂地。跑马总会的马厩在江阴路东首，后来是静安区中心医院的住院部，明天广场万豪酒店就建在这个位置。改革开放后，江阴路建过花鸟市场。“文革”前在南京西路仙乐斯木偶剧场边上，曾经开过五六家花鸟商店。“文革”过后，人们种花养草，玩虫放鱼，颐养心情的念头扩张。“高峰”时，江阴路曾

被堵得水泄不通。1997 年美国总统克林顿访问上海，曾提出参观江阴路花鸟市场，终因安全原因未能成行。江阴路花鸟市场撤销多年，现在仍然“老闹猛”（很热闹），许多人包括外国人会慕名前来游览，或进弄堂拍照留念。

江阴路中段有条弄堂直通南京西路，这条弄堂就是江阴路 88 弄，即过去的九福里。九福里于 1919 年建成（据上海地方志记载），是典型的石库门建筑。所谓的石库门房子，即弄堂口有中国传统式牌楼，清水砖外墙，大门采用两扇实心黑漆木门，以木轴开转，常配有铜门环，进出发出的撞击声在悠长的石库门弄堂里回响。一般的石库门结构，前门是天井，然后是前客堂、后间，再是灶披间（厨房）；上面有前楼、后楼，中间则有阁楼；灶披间楼上是亭子间，亭子间上面是晒台，从晒台可以上屋顶。石库门结构的房子，解放前一般是住一家大户人家，解放以后随着人口增加，就会有几家人合住。上海以前的村、坊为新式里弄，比花园别墅的档次低些，但比起石库门结构的旧式里弄房子，在结构、门窗、地板等方面稍为好些。但是上海最具代表性的民居还是砖木结构的石库门房子，像新闸路福康里、陕西路步高里等，在上海滩都赫赫有名。九福里附近有大兴里、同裕里等。随着上海大规模的旧城改造，五六家亲戚原来均住在中百公司、永安公司附近的石库门旧式里弄房子，如今这些房子已全部推倒，亲戚们都搬到内环线外面了，只剩下我家所在的九福里等弄堂房子还保留着。九福里仍然老老实实地龟伏在现代主义风格的 61 层楼高的五星级宾馆——明天广场万豪酒店的脚下。

为什么称九福里？据长辈说，那是由 9 个老板合资建造的。弄堂的房屋虽然同属砖木结构石库门风格，但是每栋房屋的砖墙、门套、门窗、窗花等稍有不同，有的石库门房子的门匾上还残留

着“豐宅”“振我痿”“彪炳文坛”等字样，后弄堂口至今还保存着一块工部局的界石。高高围墙上方的花饰原是米字形的，“文革”中房管所特意派工人爬上去，把上面所有的米字形花饰均敲掉一根或装反方向。当年“破四旧，立四新”的行动，在今天的年轻人看来是多么令人困惑和不解。

九福里后弄堂

1941年，祖父一家从淮海路（原霞飞路）迁居九福里。住在九福里时间较长的人家，大都是有相当社会地位的殷实人家。九福里并不长，却也出过几个有名的人物。传说程砚秋先生在96号里住过，他与梅兰芳、尚小云、荀慧生并列为京剧四大名旦，享誉中华。跑马厅秘书长、《文汇报》创始人之一方伯奋先生，是我的小姑丈公，1941年前在8号住过。2013年我去美国华盛顿探亲，姑妈陪我专程祭拜他和小姑婆的墓。33号的糜解先生是我姐姐同学冬冬的丈夫。虽然糜解通过了清华大学和复旦大学的考试，成绩非常优秀，但因出身问题，就是不录取，1978年，他突然被交通大学破格录取为研究生，这在全国是第一个，传说还是特批的。28号的两楼住过刘瑞旗的一家，刘瑞旗是我妹妹和二舅的同学，眼睛大大的，小时候看上去很一般。但他作为恒源祥掌门人，硬是把“恒源祥”这一上海绒线的老牌子打造成世界级品牌。2015年在上海举行的劳伦斯体育大奖颁奖典礼就是由恒源祥赞助的。真是“人不可貌相，海水不可斗量”。

祖父是我家的主心骨。民国初期，祖父从四明银行的练习生做起，勤奋好学，努力工作，一步步晋升到经理。银行配给美国轿车和司机接送（当时中国汽车保有量约 5 万辆），还配给祖父四明别墅，但祖父没有要，愿意继续住在九福里。母亲还告诉过我，以前家里佣人曾经感慨地说，她做过许多人家，但是看到进九福里送这么多礼物给主人的，是第一家。但祖父没有忘记本色，没有一点架子，仍然慈祥儒雅，待人温和大度，处事干练细致，乐善好施，因此人缘极佳，威信特别高。尤其是他的斡旋能力特别强，同事和亲友们凡有事都喜欢来找他商量，请他帮忙解决。

1950 年上海银行金融业社会主义改造试点，我祖父被退职。父亲 1952 年开始支援大西北建设，每年探亲回家一个月。母亲在外滩宁波路纺织品采购供应站上班，晚上常常要参加政治学习，家庭自然照顾得少。祖父克制礼让，退住亭子间，8 平方米，净高 2 米多点，北窗下是垃圾箱，西窗那里是上晒台的楼梯。亭子间冬寒夏闷，祖父每天写毛笔字，陶冶心情，修身养性。祖母裹着小脚，虽只读到小学二年级，却知书达理，不愧为大家闺秀、名门之后。我每天从小学放学回家时，祖母已在后弄堂门口的凳子上等候我，手里拿着饼干，搂着撒娇的我，开心地看我吃。祖父带着我上新雅饭店、国际饭店吃饭，有时还带我参加他同原工商业界朋友们的聚餐。三年困难时期，我们家里能吃到克宁奶粉、精白面粉、肉类、植物油等，春节有鸡、鸭、鱼等食物，数十位亲戚也都受此恩惠，全赖国外的亲戚源源不断地寄来侨汇券。祖父拿好券，一家家送上门，一人顶着“复杂海外关系”的“大帽子”。

九福里每天清晨必须解决两件事：倒马桶和生煤炉。弄堂内各家生煤炉时，整条弄堂烟雾腾腾。九福里的煤气早在 1964 年就安装完成，在上海滩绝对算是领先的。写给政府的联名申请信，由我祖父执笔。煤气装完后，九福里从此告别煤球炉，大大方便了全弄堂的居民，尤其是双职工家庭。4 号亭子间住着一位广东老婆婆，是个无子女的孤寡老人，而且无亲无眷。祖父帮她多方联系，最后她进了福利院。祖父出色地调解邻居纠纷矛盾、热心解答邻居的疑难问题等，古道热肠，德高望重，感动了九福里的广大邻居，被大家尊称为“老先生”。我为有这样的祖父而感到由衷的骄傲。确实，我在童年时笑得最灿烂。

1966年“文革”突然爆发，因祖父在银行担任过经理，是资方代理人，母亲单位的人率先冲到我家“采取行动”。颇有戏剧性的是，母亲前几天还在稀里糊涂地抄别人的家，所以见到单位同事抄自己的家，其惊愕和尴尬可想而知。那是星期天下午4点钟许，母亲带着我和弟弟妹妹3人由福州路返回，刚踏进家门，只见家里已遭翻箱倒柜，搞得一片狼藉。“造反派”还命令我不得随便乱走，检查我穿的衣服，生怕我带走什么东西。当时我年仅11岁。之后抄家接二连三，银行方面也不甘落后，再来一遍。在祖父住的亭子间，发现东墙壁敲上去有空鼓声音，便怀疑里边藏有手枪，结果当场敲开，一看是根自来水水管……这一系列抄家，使我这个少先队中队长因出身问题，被排斥在红小兵组织之外。1968年初，因父亲长期在外，寂寞难熬，祖父便下了很大决心，安排我跟父亲去西北。年初二，火车开动，车厢里可以躺下睡觉。到工地安顿好以后，我便提笔给祖父写信，开头写道“敬爱的祖父……”祖父马上回信，写道：“‘敬爱’这一称呼只能用在毛主席身上，不能用在我身上……”祖父受了那么大的委屈，还是那么谦卑。虽然处在“文革”的非常时期，祖父在里弄里没有被批判，没有被人贴过一张大字报，左邻右舍见到祖父，仍像往常一样尊重他。

过去祖父随口说过“好汉只怕病来磨”的话，这回偏偏轮到他自己了。由于常年忍辱负重，心力交瘁，尤其是晚年被查出患上了肝癌，病危临绝。出院后久卧在床，偶尔从亭子间下来，再回去时，我们要推着他的腰。祖父特意请阿夫伯伯在底楼走廊安装了电铃，一声是我，二声是弟弟，三声是妹妹……眼睁睁地看着祖父忍着剧烈的疼痛，挣扎在死亡线上，我堂堂男儿少年却一点忙都帮不上。祖父弥留的那一天终于到了！1972 年 11 月 2 日 12 点多，弟弟要去学工，与祖父打招呼，祖父已预感不能再见，老泪纵横。我痛苦无奈地等着，等到六合路小阿娘大哭一声，我紧握祖父的手，祖父一口气咽下去，再没有上来，张嘴欲言不能，最终嘴巴竟没合拢……小阿娘又号啕大哭起来。

祖父继承传统美德，充满睿智和良知，一生光明磊落。直到今天，我的许多信条和做派均受到祖父的影响。祖父常常用讲故事的形式熏陶我，如“狼来了”“年羹尧”“知恩图报”“菩萨没有缺点”“宰相肚里好撑船”“人到无求品自高”等。连我吃完饭将残渣拨入自己碗内的习惯，也是模仿祖父。在我的职业生涯中，前二十年从工人做起，后二十多年曾担任多家公司的总经理。有个好朋友问我，他努力做了一辈子，到退休不过做到副总，你怎么做了那么多老总，而且都是华丽转身？我笑答：那是前世修的。如果问我人生中最大的遗憾是什么，那就是祖父将我抚养成人，却没用到我一分钱，我永无报答他老人家的机会。每念及此，黯然涕下，不能自已。

九福里大弄堂

弄堂里亲情浓浓，其乐融融，实在是当下的大楼公寓、花苑小区、山庄别墅所不能比的。在九福里生活30多年，今天回忆起弄堂里小商、小贩的“修棕绷，坏额棕绷藤绷修哦”“箍桶哦”“爆炒米花”“坏格洋伞修哦”等吆喝声，还是那么耳熟能详。盛夏，白天在弄堂里下“四国大战”，晚上带只小凳到红水龙头（消防栓）旁边乘凉望月；秋高气爽的季节，站在屋顶放飞风筝，放飞心情；国庆夜晚，登上屋顶观看从人民广场发射的焰火，真是“花楼第一排”；暑假或寒假，与我弟弟约上金国、勇勇、治平、宏刚、介民等结伴郊游，到浦东、杨树浦、龙华机场、长风公园等处；星期天，弄堂里的小男孩们白相斗鸡、打玻璃弹子、刮豆腐刮子、顶橄榄核等，小姑娘们则是跳绳子、跳橡皮筋等；待到下雨天的傍晚，小伙伴们在弄堂里一起大叫：“落雨喽，打烊喽，小八腊子开会喽……”过去一起调皮过的赤膊小兄弟，转眼都快60岁啦。原本亲如一家的兄弟、好哥们，不知道什么原因，今天在途中相遇，却似形同路人，甚至恍如隔世……

我和我妻杨明琍本是小学、中学同学，又是邻舍（邻居）隔壁。我俩确立关系与其说是“青梅竹马”，倒不如说是“有缘千里再相会”。读小学时我们一起白相（玩耍），但是到中学就“井水不犯河水”了。1972年底我被分配到土建队当工人，她被分配到甘肃省庆阳人民医院做护士，从此天各一方。每年探亲一个月，偶有接触。有次她回甘肃，东西较多，我托朋友帮忙送进火车站站台，她很感激。此后两人鸿雁传情，慢慢了解。等到我们差不多“敲定关系”，我已是团组织主要负责人，中组部正式干部编制。其实我们缘分的根源，还是在九福里。祖父和祖母看着我们从小长大。祖父那时亲昵地称我妻为“小美丽”，更夸奖她妈（后来成为我的岳母）是全弄堂里最勤恳的人。现在回想起来，1981年我们结婚，真的简单。祖父住过的8平方米的亭子间就是我们的洞房，大床、写字台、五斗橱是花 100 多元买新的，大橱用祖父留下的，请单位同事小叶帮忙油漆泡力水翻翻新。岳母家送了八床丝绸被、两对热水瓶、一台红灯牌收音机（凭票）等。去照相馆拍张结婚照片，在杏花楼办酒水 9 桌，每桌 45 元。一辆面包车送回家，就算百年好合，欢欢喜喜进了洞房。

1984 年，儿子在上海出生的时候，我在吴泾车间担任党支部书记，早晨 7 点多已经到办公室，10 点钟接到电话，告知我妻已经送长征医院待产。我急匆匆赶回去，妻子已回到家，医生说暂时不会生。当天晚上六时许，妻子的同事美芳还陪着，突然妻的肚子疼痛加剧，我急忙推自行车，将妻送往长征医院，岳母同往。那天我还傻乎乎地带去一书本，打算在医院走廊里复习，准备考试。八点半，医生出来报告剖腹产顺利，是个男孩。深夜回到家，弟弟从阁楼探出头来问情况，听说是儿子，就说“一级了”（很好）。妻子出院后，我们一家三口人在亭子间生活，倒也乐陶陶、美滋滋。

每个有生命的人都有自己的根。虽然我出生时九福里早已存在，我无法，也不可能知道在九福里曾经发生的全部故事，但是九福里那幢石库门房子，的确是我割舍不断的、生我养我的地方，是我所有生机勃勃活力的根源所在，是我永远的根。把根留住，是发自我生命的最强音。寻根九福里，等于是把我的人生经历倒放。世界上再没有别的房子能带给我那么丰富深厚的人文积淀、那么跌宕起伏的人生经历：嗷嗷待哺、人间烟火、青梅竹马、“文革”抄家、恋爱结婚、生子得福、嬉笑怒骂、生离死别……虽然 1989 年我就搬离了九福里，但是我的灵魂从来没有离开过那里。我把人生中与生俱来的、独一无二的、绚丽多彩的情愫都献给了九福里。基于此，不知道九福里拆掉的那一天将带给我怎样的震撼，更不知道我的根将归何处……

外白渡桥的逸闻趣事

上海外白渡桥及其周边曾经发生过许多逸闻趣事。2008 年，我有幸参与外白渡桥建设工作，更增添了对它特别的亲切感。

上海外白渡桥（Garden Bridge），原名威尔斯桥，是木结构。现桥为上海第一座钢结构的桥梁，为下承式简支铆接钢结构，建成于 1907 年，由英国的霍华思公司设计，钢构件由英国克兰佛兰公司制作，再运到现场铆钉连接。

我的小学语文老师何雪琦的家就在外白渡桥浦江饭店旁边的新式里弄里，她先生是位老知识分子，样子很斯文。嬷嬷方开颜也是职工子弟小学的老师，伯伯顾长声在上海社会科学院工作。嬷嬷家离外白渡桥稍远，在长阳路宁国路转角处的花园洋房。小时候一听祖父要带我去嬷嬷家，别提有多高兴，因为又好到花园里白相、骑童车……坐电车必经过外白渡桥，小时候爱唱童谣“摇啊摇，摇啊摇，摇到外婆桥，外婆叫我好宝宝……”，“外婆桥”又跟“外白渡桥”发音相近，故外白渡桥除了通行电车、汽车及行人以外，还承载过许多上海人的童年梦想。

外白渡桥自建成以来，曾前后断断续续进行十余次局部维修。2008 年大桥整修，除锈蚀损伤的端梁、桁架、桥面板等钢构件确实需要更换外，还有一个更重要的背景是，上海市政府为迎接 2010 年世博会召开，决定对外滩进行一次综合性改造。该工程总预算资金为 30 亿元，其中外白渡桥大修改建工程预算资金约为 1.3 亿元。该工程要将原来桥墩的木桩基改为混凝土桩基，混凝土桩要打到 70 多米深河的底下，在两排东西两边混凝土灌注桩中间，

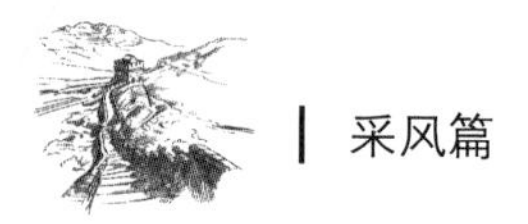

即桥墩底部以下20多米处，还要穿越盾构，以建设外滩的地下快速通道。这次外白渡桥整修内容包括上部结构继续保护维修、下部结构更新重建，是外白渡桥自建成以来最全面的一次整修改造。要在这么复杂的位置、这么狭小的空间内进行这么大规模的桥梁施工，真好比“螺蛳壳里做道场”，其工程难度之巨大、技术之复杂，不言而喻。

2008年4月6日(农历三月初一),天气阴沉,我早早进入现场，检查涉及我所的准备工作情况。按照原定方案，上午10点外白渡桥正式开始移位。外白渡桥的周围分别是俄罗斯领事馆、浦江饭店、上海大厦、原英国领事馆等重要历史保护建筑，大桥位置的前、后都有水闸，南北两跨总共约长104米。大桥每跨长52米、重550吨，是个庞然大物。我注意到在项目经理的一声令下后，写着“上船驳5”的驳船把外白渡桥南跨微微抬起时，桥墩和南侧两个底座连同插销一同被轻松地拔起。有人以为大桥底座与基础的连接部分或许会带出什么与租界有关的典故来，其实没有。移桥进展顺利，是因为事前准备工作做得充分。

大桥移位之前要完成清理桥面沥青、破碎钢筋混凝土、切断各路水气管道和各种通信管线等工作，还要完成桥梁底部用钢水平支撑焊接加固、对苏州河河道清淤等工序。设立在桥头堡的大桥铭牌是用花岗岩砌筑的，还需将这些石块一一编号，以便将来重新复原砌筑。选择2008年4月6日开工，是因为那天（农历三月初一）是水文学上的潮水水位最高的日期。所有的大桥移位准备作业均比较顺利地完成，加上天时、地利、人和各方面因素匹配，大桥南跨移位非常成功。驳船载着南跨桥梁徐徐驶往借用的民生路码头，靠岸后，早等在一旁的红色浮吊船将桥梁吊到码头预备好的马凳上。第二天，北跨如法炮制，依样画葫芦，用差不多的

时间、方法，也顺利运到桥梁整修现场。

接着是花了两个月的时间对外白渡桥桥梁钢桁架及附属结构拆除，进行全面的检测。最后确定施工方案内容包括：矫正屡遭车、船碰撞而变形的桥梁结构部件，“三角形托架”恢复为“弧线形托架”，人行道的道板新铺设经防腐处理的木地板以恢复桥梁的优雅风貌。LED照明景观灯具为新增添，主色调为暖黄色，使南北两跨桥梁灯光通透。桥梁如海鸥般展翅飞翔，待到节日，灯光会变化成蓝色、银白色、紫色等多种颜色，使外白渡桥在夜色中更加绚丽多彩、婀娜多姿。

对于外白渡桥钢结构的某些部位加固，不论新旧钢材，原本设计单位拟采用焊接法。但是100多年前生产的旧钢材的硫、磷含量较高，焊接性能差，我们工程师凭借丰富的专业技能和实践经验，认为如果贸然采用施焊方法，会给桥梁带来严重的结构破坏和安全隐患。因此工程师提出对桥梁移位前对端横梁临时加固过的焊接部位进行无损检测，结果磁粉探伤拍片报告表明，被焊部位裂缝发生率为100%。工程师立即将这一异常情况报告指挥部，后设计单位修改原来的加固方法，即新钢材经过焊接工艺评定可以采用焊接方法，旧钢材则采用更加合理的工艺方法，保证了桥梁上部结构的质量和安全。

古老的铆钉是外白渡桥的一大特色，可是铆钉毕竟与桥梁历经一个世纪的风雨，近一半已经锈蚀，这次整修就需更换5万多颗铆钉。可是用传统工艺制造的铆钉已无处采购，传统铆钉连接工艺几乎失传，甚至连国家有关的验收规范标准也没有了，怎么办？后来指挥部打听到铁道部山海关桥梁集团公司还有老师傅掌握这门手艺，赶快与该公司联系，请老师傅过来。先确定参照山海关桥梁集团公司的相关技术标准作为生产验收标准，然后严格

滚烫铆钉接送途中

铆钉被工人用风镐压入孔内

按照技术标准操作，控制铆钉的材料质量、形状及孔的间隙等各环节，特别是要控制好铆钉的预热温度。按照要求，铆钉达到1050摄氏度后在降到650摄氏度前，必须在5秒钟之内穿进桥梁结点板内，通过铆钉枪压制完成固定铆接。这样一个粗活细做的绝妙场景，相信只有中年以上的人过去在南京长江大桥的纪录片中见到过。

外白渡桥恢复通行后不久，我在“国家上海市外白渡桥修复工程研制”技术成果鉴定会上发言指出：“虽然从桥梁风格上可以说修旧如旧，但是从桥梁结构讲则是修旧如新。根据有关权威部门对复位后的外白渡桥上部结构进行的全面检测评估，所有数据表明，外白渡桥的刚度和通行能力比修复前有明显提高，外白渡桥可以再延长使用寿命50年。”我的意见得到了其他专家的一致赞同。

外白渡桥历经晚清、民国和新中国三个时代，见证了大上海的百年沧桑。此刻我最想讴歌的，是为外白渡桥建设作出过贡献的每一个建设者。正是这些数不清的无名英雄用他们的智慧和辛勤劳动，才换来了外白渡桥这座上海百年老桥的又一次青春。

盼过年

小时候记忆里，过个春节真是热热闹闹、熙熙攘攘、高高兴兴，一年下来就盼过年。迎接新年的心情是美丽的。祖父告诉我，“过年是从上年腊月二十三过小年始，一直持续到正月十五闹元宵止”。这期间有大扫除、买年货、贴春联；除夕守岁、年夜饭；祭祖先、拜大年、逛庙会、放鞭炮、包汤圆、舞龙耍狮等活动，祖国各地的春节风俗习惯有所不同。

南朝人宗懔在《荆楚岁时记》记载，中国至少在南北朝时已有吃年夜饭的习俗。年夜饭又称“团圆饭”，对中国人来说是极为重要的家宴。如今每年春运十几亿人次的流动，世界上也是绝对没有。这些奔忙的人就是为了赶在除夕，在家中吃上一顿团圆饭。有人实在不能回家，家人们也总是为他留一个位子，留一副碗筷，表示与他团聚。

“文化大革命”以前，临近春节，祖父会安排采购年货，往往带我到泰康或三阳食品公司、上海第一食品商店买回许多饼干、牛皮糖、豆酥糖、瓜子糖果，还有牛肉干等。理发、洗澡更少不了，祖父带我去过浙江路的浴德池、石门二路的卡德池等，黄陂北路延安中路口的天宝池去得最多。天宝池浴室二楼，浴资三角五分，享受大靠背沙发，包括擦背，还有一壶茶。服务员笑脸相迎，殷勤的很，客人洗好澡出来，会吆喝着不断递上烫手的热毛巾。弟弟建丰日前回忆起过年前洗澡的细节，比我记忆里还有劲。祖父带他到云南浴室洗澡，“云南浴室楼下一角，楼上二角。阿爷总归带我上二楼。有时汏好浴，阿爷还会花一角钱请个师傅敲背，

那噼哩啪、噼哩啪的声音响遍二楼浴室的整个大厅。汰好浴，阿爷会带我去小绍兴鸡粥店。迪格辰光小绍兴鸡粥店在西藏中路靠近延安东路，当时只有一开间门面，鸡粥 5 分一碗，白斩鸡 2 角一盆。两人吃完后叫一辆三轮车回江阴路九福里，车钿大概两角钱……”

到了大年夜前几天，我们家忙着磨水糯米粉，包芝麻汤圆，好在年初一早上起来吃，只为图个好口彩“团团圆圆”。除夕晚上在年夜饭的餐桌上，可以吃到平时吃不到的鸡鸭和鱼肉等菜肴（这是用春节前定人定量分配给各家各户的票证购买来的）。什么冷盆热炒、山珍海味，大约一年中能见到的最好的菜肴都摆上了餐桌。除夕晚上睡觉，梦想着明天长辈给我发压岁钱，跟祖父到六合路三伯伯、阿夫伯伯、二嬷嬷家拜年；到威海路大舅公、小舅公家拜年；到南市江阴街大伯伯、二伯伯家拜年等。这众多亲戚中的大人一定会给我一个小红包，给我口袋里塞上许多糖果瓜子。这时我心里美滋滋的，别提有多开心了！

家庭是我们华人社会的基石，我家有许多亲戚即使去了海外，在中国传统节日往往也会互相问候致意。近 10 年来，在美国的亲戚几乎每年都要举行一次大型聚会，几十个亲戚聚在一块儿。这就是血浓于水的亲情。这充分表现出中华民族家庭成员的互敬、互爱。人们在乎那份人与人之间的、温暖一家人的温情，其中既有对逝去岁月的留恋不舍之情，更有对即将到来之时光的满怀希望、期盼。

现代社会，节奏加快，压力加大，但家庭仍然是众多漂泊心灵的不可替代的温馨港湾。年夜饭早已超出了“吃”的范围。本来年夜饭还要供奉祖先的，现在的城里人流行到饭店吃年夜饭。饭店越来越高档，电梯上下、中央空调、VIP 包房……在饭店吃年夜饭本意是为了图省事，但是一些饭店规定顾客必须在两个半小时内用完年夜饭。本来亲情浓浓，说说笑笑，要吃到午夜，但限时一百五十分钟内吃完，草草了事，有些年夜饭快变成“年夜烦”了。

虽然改革开放以后人民生活水平大幅度提升，现在年夜饭吃喝已不成问题。物质丰富，年夜饭的品种更加多了，但是终究年味不如以前。现在过春节简单许多，不过是看看中央电视台春节联欢晚会、走走亲戚等。

各国有各国过新年（节日）的风俗习惯，即使在中国，有各个民族之分别，南北地域之分别，过春节的风俗习惯也不尽相同。美国学者爱德华·希尔斯在《论传统》一书中指出：“重建过去的生活方式虽然不可能成功，但传统依然是人们依恋的对象之一，也是人们生活和思索的出发点之一。”

消失的钱家

钱家曾经是位于宁波市与郊区东钱湖之间的一个古老而美丽的村庄。现在的钱家，不过是甬台温高速公路的宁波起点处旁一个正在被逐渐淡忘的地名。

钱家的位置很独特，周围水网环绕，远处眺望依稀可见四明山的余脉，称得上是山清水秀、小桥人家。最近的小镇名潘火桥，距离约一里地。我很小的时候从上海跟姆妈坐火车（或轮船）到宁波，在宁波灵桥旁的新河码头买一张船票，价格 8 分钱，到点后登上机动航船，航船沿着中塘河大概行驶三刻钟便到了潘火桥，然后上岸，沿河径直走到钱家。

钱家以钱姓人家为主，村的前方两边农田靠近中塘河处原建有钱家祠堂，供奉着祖先的牌位。记忆中，我小时候是进去过的。钱家黑色的砖木结构老房子，错落有致，别有情调。深深的小巷，弯弯曲曲，夏天很凉快。村前村后的河埠头，是村姑们每日的洗刷去处，也是她们张家长李家短的“新闻发布中心”。外婆家楼上楼下几净宽敞，任由我跳上跃下，出了小门外还有个园子，随我奔进奔出。院子里有几口大水缸，管子接着从屋顶落下的雨水，这便是外婆一家的日常生活用水。

作者一家与小舅舅在钱家老屋前合影（1985 年）

在灶头间后面是烧柴火的地方，我总是争着凑热闹，想把火烧得越旺越好。早晨天刚蒙蒙亮，清脆的喇叭响了："鄞县人民广播电台，现在开始广播。今朝（Jiāo）天气晴到多云，风力……"乡情俚语至今回味无穷。夏日里出村外，眼望青山绿水，杨柳低垂，繁花似锦；更见牧童三五，碎步田埂，稻浪滚滚，一片欣欣向荣的气象。我一时兴起，还会一头扎入河中，畅游下午的时光，玩到夕阳西下，炊烟袅袅，方才姗姗回家。晚上和同伴又到田间捕捉许多萤火虫，放在小瓶里，真有亮光。

钱家老屋系曾外公与亲戚合资所建。曾外公是上海五洲大药房的账房先生，亲戚在钱家造房缺钱，曾外公拿钱出来使房子继续造下去，并分得了一部分房产。外公是上海辛泰银行职员，抗战时得了严重胃病，不治离世，留下5个小孩，均由外婆一人带大，多不容易。外婆身材瘦小，但精明能干。她一生都很操劳，原本手脚很勤快，后来不知怎么得了中风，手脚均不灵便，瘫痪卧床，极为痛苦。没过多久，在大伏天中离世，终年67岁。此年我已经上班做学徒工，特向领导请假陪姆妈回钱家奔丧。凌晨时分天黑黑的，小船载着外婆睡的棺材，从钱家出发，沿水路到几十里外的沙堰（近阿育王寺）山坡上落葬。小阿姨坐在船头，每穿过一座桥洞，便大喊一声："阿姆过桥嘞（Lèi）。"

小阿姨端庄美丽，心地善良。高中毕业后在小学做老师，后嫁往宁波西乡凤岙镇，婚后生有一子一女。1967年放暑假，南京军区的大阿姨回钱家，我跟她同去，小阿姨在"新河码头"接我们，见面就从口袋里掏出20元钱送给我。我从没见过这么多钱，天哪，这是小阿姨半个月的工资！结果被大阿姨当场阻止，说小孩子怎么能给他那么多钱！最后给了我10元。1982年初，小阿姨不幸得了急性脑炎，因救治不及病逝，年仅40岁。一直与外婆生活在钱家的就只有小舅舅。小舅舅总是笑眯眯的，说话非常和气。他

在姜山读高中时，家里负担不起学校住宿的费用，就每天步行往返钱家与姜山，几十里的路，春夏秋冬，风雨无阻。结果积劳成疾，得了肺病，待严重时，只得到上海胸科医院动手术，医生把他的一叶肺切除掉了。小舅舅曾经放弃暑假的休息，亲手制作木头玩具送给外甥、外甥女，为我们的童年时光带来欢乐。有天他带我坐船去莫枝，到东钱湖去游那里的陶公山，该岛相传是范蠡和西施隐居过的地方。那天虽然阴雨绵绵，但是陶公山世外桃源般的风景竟使我们舅甥俩流连忘返。小舅舅是泗港小学教师，身体虽然虚弱，但是对工作十分认真，对学生的爱丝毫不减。学生常常围着他转，钱老师长、钱老师短的。小舅舅一生未娶，却在生命的最后阶段为体谅学校的困难，毅然接任代理校长，繁忙的校务工作终于将他压垮，享年不过 55 岁。他在政治上一直要求进步，但是到临终还不是共产党员。在他故去多年后，在钱家只要提到他钱老师，乡亲们都会众口纷纭地说他做过的好事。现在唱歌，我常常喜欢点首台湾民谣——《外婆的澎湖湾》。旁人并不知其中的缘故，其实这是我用来寄托对外婆和钱家所有美好的怀念。

上次回钱家，已与记忆中大不一样了。最先被拆除的是钱家祠堂，现在是一家工厂。之后因建设甬台温高速公路和发展工业，钱家涌入许多外来人员，搭建了不少房屋。老屋虽在，却已“物是人非”，被新屋、垃圾、厕所等团团包围，河水发臭，耕地急剧减少。这时的钱家，已经很难寻找到我儿时玩耍的地方或角落。离钱家不远处铺起一条世纪大道，宽得不可思议，可是在我眼里总觉得空落落的。当代中国城市建设挥金如土，许多城市仅仅象征性地保留些地标建筑。“现代化给人们带来便捷、富足和划一的同时，也派生出焦虑、失落和错乱。”中国古城墙目前仅剩下西安和平遥两地。平遥古城墙原来在规划中决定拆掉，硬被同济大学著名教授阮仪三“刀下夺城”，才得以幸存。俄罗斯的圣彼得堡市为是否建造摩天大楼，曾经发生过激烈争执，因为摩天大楼一旦开建，几百年来形成的城市风格将不复存在。

那日路过钱家，那里已被夷为平地，唯余一棵百年老树……远处依稀传来邓丽君演唱的歌曲《小村之恋》：“弯弯的小河，青青的山冈，依偎着小村庄。蓝蓝的天空，阵阵的花香，怎不叫人为你向往？啊！问故乡，问故乡别来是否无恙。我时常时常地想念你。我愿意，我愿意回到你身旁，回到你身旁。美丽的村庄，美丽的风光，你常出现我的梦乡……”

东滩的崛起

世界上的湿地大约有1600个，中国有30个，长江中下游地区有7个，其中包括上海崇明岛的东滩湿地。

东滩湿地位于崇明岛的东端，占地面积约有250平方公里，相当于10个澳门的面积那么大。由于长江泥沙堆积，目前湿地每年仍以140米的速度继续向东延伸。人的肾脏是有排毒作用的，湿地就是地球的肾脏。在东滩湿地生活的各种鸟类据统计有312种之多，每年还有3000到3500只小天鹅飞来越冬，候鸟多达300万只。可以想象，这个景象将会是多么壮观。在湿地里生长着茂盛的芦苇带、镳草带，光滩、潮沟等都很发达，保存着充分的原始状态。

东滩国际会议中心地处湿地边缘，是由加拿大EBT公司以6S标准设计建造的[①]。早晨起床，映入眼帘的俨然是一幅“北欧风景画”，无垠的农田和间隔的挡风林，低矮的农房和摇曳的风扇。眼下上海崇明东滩正与英国共同合作建设生态城。与上海东滩结为姐妹生态城的，是伦敦泰晤士河谷。

东滩无疑是在崛起，群鸟欢歌，摩托车穿梭，还有沁人心脾的清新空气。然而令人揪心的是，据报载，西北广袤的沙漠也在每年向东前进！难道自然界损益表里，借方是沙漠化（农田减少），贷方是湿地（农田增加），以此种方式来求得某种微妙的平衡吗？

截至“十二五”，上海市自然湿地保有率达32.28%，自然湿地面积达37.7万公顷。湿地作为上海的主要基础生态空间之一，为保护城市的生态安全发挥着至关重要的作用，同时也为野生

① 6S为“景观、溪流、逸事、服务、运动、阳光”。

动植物提供着良好的栖息生长环境。但是，我们应该备加爱护地球生态村，“地球毕竟不是一座我们可以取之不尽、用之不竭的宝库”。

汶　川

蜀道之难，难于上青天！人杰地灵的巴山蜀水，自古以来，一直令人神往。1993年的秋天，我去九寨沟时曾经路过汶川，那里壮美的山水和勤劳的人民，给我留下了深刻的印象。经过2008年5月12日的汶川特大地震，汶川已经成为人们脑海里“刻骨铭心”的代名词。

地震发生时，我正好在安庆市出差。投标项目中标了，晚上东道主请客，我说简单点，饭后看看长江就行。“此时此刻汶川等地数十万民众，顷刻之间陷入山崩地裂的绝境之中！几十秒的时间，何止五万的生灵涂炭……”去参观长江的途中，惊闻四川发生地震，在长江边匆匆一转，即返住地，打开电视机：“大量民房倒塌，温总理亲赴灾区，灾情特别重大，早一秒钟就会多救出一条人命……”禁不住热泪夺眶而出。

“天有不测风云，人有旦夕祸福。”平时和平、安稳的环境使我们麻木了，汶川地震使我们又清醒了过来，看到人类是多么的渺小和无奈，生命是多么的脆弱和无常。

老子言：“人法地，地法天，天法道，道法自然。”对于较少人为设计的自然，摆在我们人类面前的有无数个未解之谜，例如百慕大三角区、海啸、飓风、各种传染病等。光是地震，就涉及天体、气象、农林、建筑、地质、水文和医疗等多门多种学科。目前，地震预测的准确率仅有百分之十几。根据有关专家分析，地震震中最后落在汶川这个点上属于偶然，因为地震断层线有近300公里长；又因为这次地震是浅源性，所以破坏性特别大，堪比几百颗原子弹爆炸的当量。

难道人类在自然灾害面前，无法有所作为吗？不！汶川特大地震发生以后，中国政府的救灾行动，迅速、透明、高效，远胜美国政府对卡特里娜飓风的救灾行动。联合国的代表称赞中国是为世界作了好的榜样。坚强博爱的中国人民确实是感动了世界。西班牙的《世界报》记者这样写道："近年来，亚洲地区成为一个多灾多难的地区，菲律宾的台风、印度洋的海啸、巴基斯坦的大地震和缅甸的热带风暴，在任何一场灾难中，都没有看到过像中国这样的举国动员的能力、勇往直前的决心和强大的团结互助精神。"俄新社记者也评论说："一个总理两小时内飞赴灾区，能出动10万军队，企业和人民能捐出几十亿元的（国家），是永远不会被打垮的。"

有几个好友给我发来内容相同的短信，那是一首非常感人的诗《孩子快抓紧妈妈的手》，其中写道："妈妈，你别哭，泪光照亮不了我们的路，让我们自己，慢慢地走。妈妈，我会记住你和爸爸的模样，记住我们的约定，来生一起走。"

国人，让我们永远记住汶川！那天，我们看到"天安门广场下半旗，共和国国旗第一次为大灾中的遇难同胞缓缓而降，全中国默哀3分钟"。国民为大难中逝去的生命集体举哀，这在中华民族5000年的历史上，可能是第一次。

阿拉上海人

上海，坐落在长江流入太平洋的出海口一隅。想解读清楚上海，那是厚厚几本书都不一定说得清的。解读阿拉上海人更不易，因为人有千姿百态，人有外表内心。俗话说：“一娘养九子，连娘十条心。”这里我只是用个人的粗浅目光，略窥或者叫扫描一下阿拉上海的背景概貌和阿拉上海人的群体特征。我从小生长在上海，对上海有一种与生俱来的眷恋。就像每个人都钟爱自己的故乡一样，我也钟爱阿拉上海，虽然我的祖父辈来自浙江镇海。

上海发生的林林总总的事件，一般可以追溯到 1843 年的那次开埠。开埠以前上海只是一个小渔村，近似于深圳没有开发前的模样。中英签订的《南京条约》决定了上海成为清朝五口通商的口岸之一。其实上海当初并没有受到什么优待或者足够的重视，其重要性还不如福州。至于广州，则在上海开埠的 300 多年前已经与国外通商了。上海开埠后，特别是在太平天国时期，英国人、法国人等以各种合法或非法的手段，将租界一扩再扩。全国各地的人都要到上海来做生意，于是上海抓住了崛起的机遇。

开埠伊始，西风渐进，上海往往抢得风气之先。江南制造总局系曾国藩和李鸿章共同创办，是中国真正的“第一工厂”。而中国的第一家发电厂、第一家自来水厂、第一家纺织厂等，也都在上海先后诞生。这些机器工厂的规模在当时的远东地区，都是最大的。外滩百年老桥外白渡桥自不待说，老外滩的 23 幢风格各异的建筑物（号称万国建筑群）展露出来的天际线，既吸引各国冒险家纷至沓来，也表现出上海能工巧匠的聪明智慧。上海的商

业气氛一直比较浓厚，人们比较讲究契约和诚信。在民国时期，上海的辉煌富裕在当时的亚洲也是名列前茅。

从上海的人文角度观察，名人、伟人层出不穷。李鸿章的祠堂至今在复旦中学操场旁保存完好，他曾经倡导过“自强运动”；蒋氏父子在上海不同凡响；中共“一大”在上海召开，陈独秀和毛泽东等人在上海都有重要的活动；鲁迅先生是浙江绍兴人，在上海长住，写下许多著名的文章；宋庆龄故居在上海的淮海中路，今天仍然有海内外朋友前去瞻仰，宋庆龄去世后被安葬在虹桥的宋氏陵园，和她父母亲的墓在一起。其他如黄金荣、杜月笙、张啸林在旧上海也是赫赫有名，尤以杜最为著名，被称为“海上闻人”。在仅 1.7 公里长的武康路，就居住过黄兴、周佛海、巴金、唐绍仪、陈立夫、陈果夫、郑洞国等二十几位历史名人。

解放后，大批上海人奔赴各地，支援内地（边疆）建设。我父亲响应号召，支援大西北建设长达 25 年；姐姐去黑龙江军垦农场，在原中苏边境处；妻子曾经在甘肃和江苏地区工作 15 年。他们把青春贡献给了伟大的祖国建设事业。“阿拉上海人”凭着勤劳和智慧在各地做“外地人”，口碑还是蛮好的咧！

孟子曰：“人之所以异于禽兽者几希。”几希可以理解为，多了那么点灵敏。以前上海牌手表、永久牌自行车、蝴蝶牌缝纫机，都曾经是上海人的骄傲。上海在计划经济时代为全国做出的贡献是巨大的。自从邓小平提出“开发浦东”的指示以后，中国最高的建筑、最快的磁悬浮、最长的轨道交通线等已在或即将在上海诞生。但上海人在为自己的城市骄傲的同时，又深切体会到自己城市的软肋。过去是马桶和阁楼，现在是堵车和拥挤。中心城区机动车的时速为 12 公里左右，快要与自行车的时速差不多了，人口密度也进入世界特大城市的前列。百万上海产业工人岗位调整后，就有一部分人当物业保安员、交通协管员等。他们实在不容易，很尽职。还有相当一部分人白天已不上班，而是热衷于股票、跳舞和麻将。但如果用平和的眼光去看他们，不也是一种生存方式吗？上海的目标是跻身世界大都市群，但是有专家指出：上海发展模式成本太高，接近土地承载极限，应该予以调整。

上海是一个地地道道的移民城市，现在要寻找正宗的上海人，在松江县、嘉定县，抑或在老城隍庙（老城厢附近）？很难确定。按照一方水土养育一方人的理论，上海的神奇就在于："吃自来水很快就能把外地人甚至把外国人'改造'为阿拉上海人。"

明眼人一看就明白，大上海看似波澜不惊，其实是个卧虎藏龙之地。还有一种评论说："上海现在干活全靠外地人，离开外地人上海人就不能活了。"这话初听上去好像不无道理，但显然忽视了上海人博大精深的底蕴以及上海能工巧匠的智慧的作用，还看轻了阿拉上海人天然具备的"天容万物，海纳百川"的开阔胸怀。这些元素恐怕是上海人能做出让世界为之瞩目的伟绩的原因之所在。

复兴公园

上海市区的东南部靠近淮海路有一座公园，大约 9 万多平方米，曾被称为“法国公园”，这就是复兴公园。“复兴”这一名称很响亮，哪个人、哪个家庭、哪个国家不向往复兴呢？一直到今天，上海老百姓不论远近，包括妇女、儿童、中老年人，都很喜欢到复兴公园来坐坐、转转、玩玩。

我小的时候，星期天的早晨，祖父、祖母常常带我到复兴公园去，那里有祖父在社会各界的老朋友。从江阴路九福里我家里出发，沿着重庆北路，经过六十二中学、马立斯小菜场、老正兴饭店，穿过延安路、淮海路，再折转到雁荡路，就面对复兴公园的北大门了。公园的另外两扇门开在复兴路和思南路上。今天回想当时的游览，仍是很温馨的，特别是公园里高大的法国梧桐（悬铃木）能遮蔽许多阳光。“大树底下好乘凉”，我心目中的大树就是我的祖父、祖母，他们真的很庇护我。

复兴公园是上海开辟最早的公园之一。公园开辟的 90 多年前，这里还是一片肥沃的良田，居住着勤劳、贫穷的农民。当时有个姓顾的有钱人家拥有 10 多亩土地，便在此建造了一个私人小花园，人们称之为“顾家宅花园”，这是复兴公园最初的雏形。1900 年，法国人买下了顾家宅花园并扩展了 10 多亩农田，作为法国军队屯兵之用。1908 年 7 月 1 日，当时的法国驻沪机构、法国公董局一起做出决定，将顾家宅花园改建为公园。于是开始扩展土地，设置花坛、树坛，垒砌假山，修建亭台走廊，最后于 1909 年 7 月 14 日对外开放，取名“顾家宅公园”，也称为“法国公园”。

第二次世界大战爆发后，法国人陆续撤离上海。1943 年 7 月，日伪政府接管了法租界的行政权，随之将“法国公园”改名为“大兴公园”。1945 年抗日战争胜利后，改名为“复兴公园”，当时其总面积已有 119 亩，面向广大市民开放。解放后，政府又在公园内新建、扩建各类游乐服务设施，目前总面积为 138 亩（约合 9 万多平方米）。祖父为什么对复兴公园情有独钟，好多年以后我才明白。我到美国去探亲，许多七八十岁的长辈告诉我，祖父曾经经常带他们到复兴公园玩，很开心。今天说起来那段往事，他们脸上仍是乐滋滋的。祖父是他们的舅舅，舅舅有时比自己父母待他们还好呢。

复兴公园为本市唯一的法国式公园，基调为规则式园林布局，偏西南部呈自然式。近年来新增大量花木，乔灌木总数达 140 种、1 万余株，其中以参天悬铃木为多，比例居本市公园之首——这就是前面提到的法国梧桐，可以说是复兴公园的特色。还有七叶树、椴树、枫香等名贵树木。位于公园中部的毛毡花坛，又称沉床园，一年四季以各种不同的花色或叶色配合成地毯一般的图案花纹，故亦称地毯式花坛。加之彩色喷泉伴于其中，成为复兴公园的又一特色景区。著名的玫瑰园在公园西北部。念小学的时候，学校组织全体学生到复兴公园搞活动，奔跑在公园东南部 3000 平方米的大草坪上的，都是天真活泼、无忧无虑的孩子。今天公园英语角的中外朋友，还经常在一起交流英语口语。在歌唱角里，人们练习独唱、合唱，个个感情饱满。过去公园还举行过玫瑰婚典。还有几块地方可以学跳舞，三步、四步、吉特巴都有……公园北部的马克思、恩格斯双人塑像，是 1985 年 8 月 5 日恩格斯逝世 90 周年纪念日落成的，雕像高 6.4 米、重 70 多吨。

南北高架路的原设计方案，是准备从复兴公园头顶上穿过的。

后来还是当时的卢湾区政府发扬风格，搬家让路，使复兴公园得以保持完整。卢湾区政府做了一件利民的好事情，当时的区长得到了市领导的表扬。复兴公园周边的著名建筑物有：淮海路妇女用品商店、思南路市科学会堂、张学良公馆（思南路出口处边上）；孙中山故居、周恩来公馆均在不远的思南路上，洁而精酒家在南昌路与雁荡路转角上，附近的重庆路上还有韬奋纪念馆等。俯瞰复兴公园的雁荡公寓，是改革开放以后第一个为外国人居住而建造的。今天复兴公园已经免费开放，在市中心这样历史悠久、有异国情调的公共绿地真是必不可少，特别是对于中老年人，以及外国游客、朋友。

"皇城"北京的语丝

2008年冬季到北京出差，趁工作间隙去市中心转了转，所见所闻偶有感想，今以语丝——片言只语的形式流露。身处"皇城"脚下，诚惶诚恐，连观感都谈不上，敬畏之心其实不虚。

上次进京在1997年，是去化工部参加先进表彰大会并受到国务院邹家华副总理的接见。一晃11年过去了，能够在2008年奥运会后的初冬时节来到北京，虽然天气预报称北京早晨的室外气温已经达到零下7度，可我内心委实涌起一股暖意。

飞机停在北京机场新建的3号航站楼前。该航站楼总投资为48亿元人民币，建筑面积共96万平方米，为中国单体建筑物面积之最。据说天气晴朗时，从空中俯瞰3号航站楼屋顶，就像是一条龙。该航站楼是由外国人设计的，当我从2层楼的C出口抵达，即发觉大楼的红柱子尤其显眼，上细下粗，富于动感。红色不禁使人想起紫禁城的红墙、天安门的红楼……追溯起来，北京建城始于3040年前的蓟城，即使从明朝永乐皇帝（朱棣）建都开始算起，也有600多年的历史了。国外设计师设计的航站楼，柱子选用红颜色，太恰当了！

在人民大会堂西侧的国家大剧院下车，顿见一座硕大无比的蒙古包式建筑物。经查询，大剧院预算总投资近27亿元人民币（实际投资已超过31亿元人民币）。大剧院的地下部分最深处达32米，屋顶上有似太极八卦的图案，因紧挨着人民大会堂，寓意"天圆地方"。大剧院处在中轴线位置，故特别吉祥。剧院四周环绕着大约3.5万平方米（40厘米深）的人工湖——水资源对于北京城

有着绝非一般的意义。

走进与国家大剧院一路之隔的文昌胡同，有户人家的大门上贴着对联，上联“德厚富春秋”，下联“岁绵新甲子”，横批“代代相传”。进四合院一看，分明是人口增加以后为改善生活的缘故，院子里又搭了不少小房子。厕所在四合院外面，是公用的，不管天气再冷、再热，也得走出来解决矛盾。有一位妇女推自行车送孩子上学，老公跟随着送出门，再三叮咛，亲情融融。可以想象“老婆孩子热炕头”，仍是胡同人家生活方式的首选。胡同深处有座“长安小学”，始建于上世纪初，是某个王爷给办起来的，现在还有100多个学生在平房教室内上课。望着不远处的国家大剧院，我不禁感触良多。对于文昌胡同里的居民来说，周围曾经发生过翻天覆地的变化，他们无疑是近距离的目击者。然而今天，他们仍然过着与祖辈相似的生活。我觉得自己在北京的文昌胡同，感受到了真实的北京，随意地接触到了正宗的北京人。我能够从所看到的普通北京人脸上，读到自信。

北京的大街两旁耸立着无数靓丽的建筑物（包括早些年建成的人民大会堂等十大建筑和最近建成的鸟巢、水立方等新十大建筑），但是无论北京怎样变，都抹不去、改变不了这座古老城市的方正布局。与美国华盛顿的“简洁”和法国巴黎的“浪漫”相比，我以为咱们中国北京是“深沉”。

明斯特

明斯特是德国北部城市，威斯特法伦地区的文化中心。众多教堂勾勒出明斯特的天际线，使它很早就有“北方罗马”之称。1996 年的夏天，当我从法兰克福机场走出，到 15 天后离开同一机场，始终感觉生活、工作在一个大花园里。德国非常漂亮、舒适，满目清翠。蔚蓝的天空下，高速公路四通八达，路面、标志、规则等令人耳目一新。毕竟高速公路这玩艺是由德国人首创的。从路德维希港到德国著名城市——科隆市（那里有座被称为“上帝之屋”、建了 600 多年的大教堂），有一大段公路沿着莱茵河和山峦边，映入眼帘的教堂、民居、铁路等融为一体，风景极为动人。过了多特蒙德不远，从高速公路两旁的高大树林处转弯，即拐入位于安河和多特蒙德—埃姆斯运河畔的城市——明斯特。

我们现在看见的生机勃勃的明斯特，是从上世纪 60 年代开始建设发展的。世界著名的巴斯夫欧洲公司的子公司油漆厂就建在镇上。油漆厂里非常整洁，各种管道和管架色标清晰，德方介绍是先用电脑三维设计好管道排列图再安装的。厂边有一条运河通往荷兰，离厂不远处是一片望不尽的森林，释放大量的负离子，同时吸收大量二氧化碳，减少油漆厂有害气体的危害。工厂的液体也是经过环保处理后排入河道的。镇上的商店不多，却有一家中餐馆，里面装潢着龙啊凤啊，身在异国他乡，看到这些颇感亲切。入住的宾馆与工厂一河（安河和多特蒙德—埃姆斯运河）之隔，清洁不奢华，不大但有趣，我还和宾馆里停放的红色奥迪小汽车合过影。离宾馆不远有一片德国中产阶级居住的别墅群，别墅的形式各异，每家门口都摆放着鲜花。六年以后，我在访问瑞典时又看到了类似的别墅群，不过规模比这里更大，也是形式各异，每家门口摆放着鲜花。

工作访问之余，晚上，巴斯夫公司的高级经理兼德国某小城市市长施泰恩先生邀请我团一行共进晚餐，地点在明斯特郊区一座年代久远的地窖里，墙上燃着蜡烛，杯中盛着醇厚的红葡萄酒。那天主人谈兴正浓，礼貌地询问客人能否延长用餐时间。时任上海化工控股集团副总裁的蒋应时团长表示同意。我们团长跟德方首长谈得欢快，其他团员似乎都有几分醉意了。我年纪最轻，此刻灵魂似乎飘到了另一个天际，那种情调实在无法用语言来表达。

参观海德堡，可以体味到德国悠久的文化和历史。据介绍，第二次世界大战时，美国空军就是因为其悠久的文化和历史，才没敢彻底炸毁科隆的大教堂与海德堡的古城堡。我们代表团一行还到访德国著名工业中心鲁尔区的武珀塔尔市，参观在那里的恩格斯故居。那是一座很普通的房子，门口挂了一块有介绍内容

作者摄于明斯特酒店停车场（1996 年）

的牌子。德国有许多思想家、科学家、音乐家，在科隆城中就有三十几位。本来蒋应时团长还想带我们大家到特里尔市去参观马克思故居，但遗憾的是，因为考虑到换乘火车班次及语言不通等原因，最终没有去成。

我从小生长在中国上海，但当我身处德国小镇明斯特的蓝天、绿地、碧水之中时，心里却感慨万千，久久不能平静。

宾馆里的菩薩

宾馆乃安静、舒适、卫生的高级旅馆。江苏省的同里湖大饭店是一家五星级宾馆，内部设有中西餐厅、计算机网络、商务中心、豪华客房与卫生设备、卡拉OK、SPA、游泳池和高尔夫球场，我曾经出差在那里住过一晚。

“文化大革命”以前，我经常随祖父出没上海有名的新雅、杏花楼、老正兴乃至国际饭店等，当时算是很阔气的。“文革”期间，全国提倡过艰苦朴素的生活，跟祖父吃饭的机会大大减少，去的就是些小饭店。1985年美国的堂叔方资慧博士到沪工作访问，在和平饭店八楼摆圆台面宴请亲戚，我又享受到优质的五星级宾馆服务。1986年美国的表妹方萌和丈夫抵沪探亲，来看我父母，走时我送他们到其所住的锦江饭店大门口后止步，分手道别，没进去坐坐。那时候国内的生活水平比较低，还没有流行“宾馆”的概念，老百姓则离宾馆更远。1992年，我去广州、深圳出差，入住广州宾馆，只见广州的小孩子在宾馆大堂的地板上随便玩耍，感觉跟上海不一样。从广州归来不久，因为各种工作关系，我光顾中外宾馆的机会逐渐多起来，算是个对宾馆比较熟悉的人。但在同里湖大饭店里，看见随处供奉着唐朝石雕菩萨等艺术品，觉得是头一件新鲜事。

石刻菩萨被供奉在2楼的回廊顶端，连底座约有两米高，介绍写着：原放置在中国北方的寺院或石窟。菩萨具唐朝风格兼魏晋遗风，端坐在莲花座上，高宝冠的雕刻华丽细致，两条饰带垂坠自然，璎珞则丰富多样，刻绘衣缀一丝不苟，两肩松弛、圆润，

手臂丰满，腰细，赤足。菩萨沉思、闭目，面容安定且慈祥。他的右手示无状，形象充分体现了菩萨的宽容心肠和柔美仪态。

除了上述神清气闲的唐朝石刻菩萨，进宾馆大门，还有两只清朝（17世纪）的门档石狮。门档一般用于木结构房屋，石材所做，一般结合长木柱布置在大门或正厅前。祥瑞石狮，攀爬柱头有神，刀笔利落有型，姿态立体生动，突显主人门第光耀，保佑府居趋吉避凶。进大堂一直到底，摆放着明朝（16世纪）的石雕龙龟，龟背上部是盆子，水面漂着荷花。还有一块约长3米的安徽灵璧巨石，摆在大堂的右侧，“灵璧一石天下奇，声如青铜色碧玉。秀润四时岚岗翠，宝落世间何巍巍”。到了3楼，走出电梯门，走廊上放着明朝的北方书案，240厘米长，55厘米宽，85厘米高，黑漆色，油漆由于年代关系已经脱落，底漆足有4毫米厚。书案经历过数百年时光，多少人文积累，已无从考证。住店客人路过此处，常常驻足，触景生情，思古寻幽。同事想象到书案上放着文房四宝、先人伏案写条幅的情形；我依稀看到主人在书案前挑灯夜读儒、释、道的书籍，恍惚之间似听到主人劝勉其孙务必熟读四书五经的谆谆教诲……此情此景，究竟如何？只有书案才知道。四楼行政套房层的走廊，放着一幅砂岩浮雕，以中国戏曲故事为题材，八个舞刀弄枪的人物栩栩如生，活灵活现，生动有趣。用几块浮雕组合作为影壁景观，是古代大户人家建造住宅时的常用手法。在同里湖大饭店的大堂和各楼走廊等处精心摆放的雕花木窗、椅子、书画等古董，其总数据我粗略估计，超过50件。

在物质生活水平大为提高后，定会有更多客人前来旅游、住宿宾馆，在吃饭、唱歌及沐浴以后，终将被源远流长的中华文化所吸引、感染，乃至向往……

迷人的西藏

这年头由于信息大爆炸加上审美疲劳，能够吸引我眼球的东西已经不多，能够震撼我心灵的事物则更少。多年前的五一劳动节前夕，大学同班同学乌于红在网上给我发来《迷人的西藏》幻灯片集。该片的片首开宗明义说道："如果要说人一生必游之地，就全世界来说，西藏也是名列前茅的。不去西藏，怎么知道山外有山，天外有天？"话说得明白透彻。等看完幻灯片集后，片中的西藏给我与众不同、让人荡气回肠的特别感觉，更坚定了我对西藏的向往。

作者在布达拉宫前

我对西藏的最初印象，从 1960 年以后家里父母征订的《地理知识》杂志上获得：国家登山队从北坡登上喜马拉雅山的珠穆朗玛峰，无与伦比的拉萨布达拉宫、大昭寺等照片。而唐朝文成公主入藏的美妙故事等，因我年幼，不甚了了。但是我从小就知道，有一个遥远的地方叫西藏，但是觉得那不是一

个可以随便去的地方。

1993 年 9 月，我与大学同学结伴一起去四川。坐火车先到成都，然后经都江堰、茂县、松潘、黄龙，最后到达九寨沟。沿途地貌使我领略到四川大山的美丽雄奇。九寨沟原是藏民长期生活居住的地方，这次旅行使我能够近距离观察到藏族与我们汉族之间的不同。归来时，买了些藏民制作的银筷等纪念品带回家。

2006 年 8 月，我与几个朋友相约参观向往已久的塔尔寺，亲眼目睹藏民五体投地的跪拜。据寺内工作人员介绍，藏民匍匐前行地到这里朝圣，漫长的路程往往要做无数次五体投地的跪拜动作，青年人需要两个月，中年人需要四个月，老年人则需要更长时间。这是多么不可思议而又艰难困苦的劳作，需要付出多大的体力和毅力啊！可是，“在藏地，只要有寺庙，即会有人们的精神依托；金碧辉煌的塔尔寺，正是藏地人心中的精神依托之一”。更别提藏民去拉萨的大昭寺、布达拉宫朝圣！在塔尔寺里参观时，有朋友提醒我，发现有“藏族老奶奶在佛像前拿钱”。经我仔细辨别发现，老奶奶是放下一元钱后拿走九角，然后一角一角地依次朝前拜佛像捐钱。我深受感动。回沪后，我无意中在网上发现余丹的博客文章《塔尔寺的感悟》。他写道：“那日我踏上山路，是在高原深秋的季节。路的那端，延伸向偏远山间的一方寺院。虽时常走过这蜿蜒的距离，也仅仅为之是个行人、游人、俗人、香客、平常人。塔尔寺这幢青藏高原上的黄教古寺，如同它几百年的历史，神秘而悠远。清风飒飒中，默默抚慰着无以数计的众生，那一潮又一潮虔诚而往的叩拜。”读完余丹先生的博客，字字句句沁人心脾，文章亲切地又将我召回塔尔寺，将我导向藏传佛教宗喀巴大师的崇高境界和博大情怀中。

2007 年 3 月，云南省丽江古城，春风徐徐，我有幸参加上海

支援当地某建设项目的开工典礼。礼毕后当地政府宴请上海某建设单位领导，我作陪。晚宴酒过三巡，甚欢，当地有位银行行长问陈老师：“你西藏去过没有？拉萨去过没有？布达拉宫去过没有？西藏真值得去，没有去过实在可惜。”陈老师先是笑而不答，继而反问银行行长：“西藏的‘政教合一’历史你了解吗？西藏《甘珠尔》经、《丹珠尔》经你听说过吗？布达拉宫里有多少稀世珍宝你知道吗？”那位行长竟是一问三不知。陈老师继续侃侃而谈：“没有做好准备之前，我是不会去西藏的。”陈老师乃是此次云南之行的上海某建设单位领导高参也，印度尼西亚归侨。之前我与他接触，发现他懂阴阳风水、五行八卦，博学多才而深浅难测，因而对他已有几分敬重。目睹眼前这一幕，我真替那个行长感到惭愧，像被挨了骂似的。是的，去西藏前得学习西藏历史、政治与宗教文化知识，否则即使去过西藏、去过拉萨，你也会一无所获。不做功课去西藏旅行是不行的。从此我更加留心收集、积累有关西藏方面的信息。

2010 年 4 月我去成都，为成都双流机场新航站楼项目投标做技术准备工作，恰巧下榻西藏饭店。该饭店原来是西藏自治区招待所，后来逐步升格为高星级宾馆，这都得益于国家支持。宾馆的装饰具有浓郁的藏族风格，更使我感兴趣的是宾馆一楼的西藏文化走廊。参观时，宾馆前厅部的刘经理热情地为我沏上藏茶，给我讲述藏茶的故事。茶叶是西藏人民生活的必需品，成都附近的雅安县专门生产制作藏茶。明朝洪武年间（1368-1398），茶马古道“马贱茶贵”，朝廷曾将供应西藏的茶叶从 3000 件锐减到 150 件，作为控制西藏的手段之一……真开眼界，连喝藏茶都这么有文化。未经人工雕琢的雪域高原，是迄今为止世界上不多的原生态广袤净土。有的老外特别喜欢西藏，可能是西方社会对工

业化发展到极点的一种反叛情绪，希望保留最原始、最真实的风貌，即梦中的“香格里拉”。刘经理建议我有机会一定要去西藏看看，我笑答：“一定会去，去后再向您报告。”

望着眼前的幻灯片，我着实已经陶醉。西藏的天地、日夜、气温、山势、水势、季节、色彩等竟有如此悬殊的反差，西藏真是太神奇了！最新的地理板块知识似乎提醒我们，江南人赖以生存的杭嘉湖地区的形成，竟是青藏高原板块隆起的结果。因此当我看到幻灯片中的“三江源”“珠穆朗玛峰”“雅鲁藏布江”等画面时，特别激动，一下子拉近了我与西藏之间的距离。多么迷人的西藏！我多么想马上就飞到您身边！我的朋友高鑫发先生 10 多年前去过西藏，走的线路很合理：青藏公路进川藏公路出，看完拉萨布达拉宫再游纳木错神湖，还逛了尼泊尔的首都加德满都，那里的人民对中国游客特别友好。高先生告诉我，一路上景色实在摄人心魄，九、十月间去西藏最好，早了晚了都不行。那里高原气候条件非常特殊，氧气含量只有内地的 60%，汽车驶过海拔 5100 米的念青唐古拉山时，没做好充分准备的体弱者往往会有强烈反应，会呕吐、头疼甚至发烧。

2016 年国庆节的那个晚上，我毅然登上上海开往拉萨的直达列车，只为了圆我的童年梦。

我们的汽车快接近纳木错神湖时，经过海拔 5190 米的那根拉山口，那里立着一块巨石。虞导安排大家短暂停留 10 分钟。下车后，我看见在巨石上书写着六世达赖喇嘛仓央嘉措的两句著名诗句：“那一年，磕长头匍匐在山路，不为觐见，只为贴着你的温暖；那一世，转山转水转佛塔啊，不为修来生，只为与你相见。”此地此情，站在这么高海拔的那根拉山口，寒风冽冽，缺氧更使我呼吸困难、头昏目眩。但是此刻我心灵受到的震撼更大……在纳

木错神湖边，我按当地习俗，虔诚地在“玛尼堆”添上一块小石头。

在林芝参观西藏“民俗第一村”，我有幸接受梅里卓玛敬献的哈达，还应邀访问她阿妈家。75 岁的阿妈小小的个子、黝黑的脸，听说我们 27 人旅行团到她家，她 4 点多就起床做青稞饼、烧酥油茶。等大家一一落座，阿妈还亲自给我们一一端上。当梅里卓玛介绍到“23 年前阿妈和阿爸一起去拉萨朝拜，阿爸不幸死在途中，后由路人帮忙敲下阿爸的门牙，阿妈将阿爸的门牙带到布达拉宫佛像前，在 8 个月后才回到林芝家里……”时，全场空气凝固，有人哽咽。我们落坐的房间就是阿爸、阿妈当年生活的家呀。前不久，西藏自治区党委书记陈全国同志也来慰问过阿妈，大家围坐在这间屋子，有墙上挂着的合影照片为证。

藏民对于佛五体投地的虔诚，藏民与生俱来的随时为佛献出生命的信念，真不是我们内地一般人所能想象和理解的。

西藏绝不是常人眼中高原缺氧、阳光辐射强烈、不宜居住的地方，西藏分明是个天国！在没有真正接触到藏民以前，城里人自以为见多识广，每天能洗澡。我们只是身体比灵魂干净，其实藏民的灵魂比我们城里人的灵魂干净许多。我到过西藏周边地区，这次进藏也是匆忙地走马观花，对西藏的认识和理解是肤浅的。要描写和解读伟大而神秘的西藏，我以为应由那些长期生活在西藏、热爱西藏人民、有良知的作家完成才对，他们的见解和写作才是真的可信。

西藏不仅是迷人的，而且是神奇的。藏民族依着信仰维系生命的传承，在荒漠的高原雪线上坚韧地生存、繁衍。如此悲壮的传奇足以让我们警醒：人不能不敬畏自然，人不能没有信仰。

骊山情

1968年盛夏的夜晚，皎洁的月光铺满了渭河平原。骊山脚下坐着一个纳凉的上海少年，深情仰望着那透彻的皓月，希望月亮能传递他对远在上海的祖父及家人的思念……

1968年正月初三深夜，上海开往西安的火车在临潼火车站靠站，父亲带着我及简单的行李匆匆走下车厢，在车站旁边的小客栈将就地睡一宿。初四一大早，我跟随父亲步出临潼火车站旁的客栈，远远便望见骊山的倩影。那时“文化大革命”正如火如荼地进行着，小学全部停课“闹革命”。西北那里，别人趁“造反”纷纷回家休息，父亲人老实，偏偏是食堂财务，饭人人要吃，因此他脱不了岗，还得天天上班。祖父应我父亲的要求，决定让我去陪陪孤独的父亲。这个决定要付出很大代价——上海到西安的来回火车票就要30多元，还不包括我在临潼的吃喝等费用。1974年临潼杨村农民杨发志在掘井时发现了秦始皇兵马俑，他得到的奖金才30元。刚到临潼，我给祖父写信，开头端端正正写着“敬爱的祖父”。祖父马上回信，说“敬爱的”这一前缀只有毛主席才配得上，嘱咐我以后改正。解放前祖父从四明银行的练习生做起，升至会计、会计主任、汉口分行襄理。1936年回上海任分行经理，由专人轿车接送，银行还分配别墅给祖父。解放初社会主义金融业改造，凡银行高级职员一律不再录用。祖父离职后，谢绝了小姑婆邀他去海外居住的邀请。祖父热心服务社区，悉心养育子孙，但“文革”初我家遭遇多次抄家……如此不公平的待遇，祖父对毛主席的感情依然没变。祖父心底里最喜欢我，多少年后我才体悟到他内心深处的苦痛。

骊山位于陕西省临潼县城南，属于秦岭山脉的一支，最高峰九龙顶海拔 1302 米。骊山由东西秀岭组成，山势逶迤，树木葱翠，远远望去宛如一匹苍黛色的骏马，因此而得名。“自从盘古开天地，三皇五帝到如今。”风景秀美的骊山曾经发生过许多惊天动地的事件，这些事件背后有一条主线贯穿始终。这条主线，可以用一个“情”字来概括。人非草木，孰能无情？骊山情搅得多少帝王将相醉生梦死、壮志未酬，又搅得多少平民百姓日夜劳作、妻离子散、家破人亡。相传西周幽王初建骊宫，秦始皇改为骊山汤，汉武帝时扩建为离宫，唐太宗建宫殿名“汤泉宫”，唐玄宗再度扩建，取名华清宫。因唐玄宗与杨贵妃曾经在此温泉共浴，华清池名声大振。今天华清池里有一排平房，前面竖着解释牌，说中间的叫“五间厅”，那是 1936 年西安事变时，蒋介石视察时曾经住过的地方。

父亲 1952 年即去西安银行工作，母亲及姐姐随同，半年即返。1956 年父亲再去支援内地建设，转战西北各地，连头带尾，到 1968 年已有 16 年。当时他单位的施工点是临潼县 302 工地，我去临潼的目的是帮父亲减少寂寞。可是当我一离开上海，就像飞出笼子的小鸟，到临潼游玩工地四周、爬树、骑自行车、探访农村窑洞。我去以后，父亲脸上多了笑容。工地在山脚下，我爬骊山腿脚如飞，寻

原临潼火车站

找老君殿、老母殿、阿房宫（传说中的遗址）。兵谏亭（解放前名正气亭）位于半山腰，山沟小而陡，洞里现在装有铁环。当年蒋介石慌乱中从“五间厅”翻窗而出，连鞋都来不及穿，只身躲进洞里。亭子近处立有一碑，上面刻着“石亭凝正气，虎将有良谋”十个字。大舅公的大孙子樊昭元在西安交通大学读书，其实也不上课了，他经常来临潼看我们。该年4月份，他特别带了135照相机，我们一起在骊山和华清池附近拍了些照片。这次我特地找出这些珍贵照片，晒晒太阳。2015年6月，我们在湖北汉口短暂会面。47年以后久别重逢，樊哥官至厅级，我从建筑工人做起，担任过多家公司的总经理（一把手）超过20年。现在我们都已退休，在汉口会面，得以重叙旧情。“往事历历，仿佛昨天；人生得意，还靠拼搏；善自珍重，晚年留香。”分别时我们依依不舍，坚定相信“宏元刚毅，后会有期”。但是坦率地说，是我们哥俩在1968年的临潼华清池边结下的缘分，才使咱们在冥冥之中苦苦地追根寻源。

历史上的唐玄宗与杨贵妃被情所困，正如白居易《长恨歌》中所描写的“春寒赐浴华清池，温泉水滑洗凝脂。侍儿扶起娇无力，始是新承恩泽时。云鬓花颜金步摇，芙蓉帐暖度春宵。春宵苦短日高起，从此君王不早朝”。据目前的挖掘整理，华清池有莲花汤、海棠汤、太子汤、尚食汤和星辰汤，分别为皇帝、贵妃、太子、大臣们使用。但是华清池在安史之乱以后迅速衰败，规模大为缩小。记得1968年我在华清池洗温泉，门票仅仅1角5分钱。

游览离骊山东南方向五公里的始皇帝陵，平淡如水。据史载，秦始皇曾动员多达80万人力，用38年时间建造这座地下宫殿，工程之伟大堪比埃及金字塔。不难想象无数劳工付出的艰辛乃至生灵涂炭。我当时所见的始皇帝陵默默躺在那里，只在山前竖一块碑。尽管有后人评说秦始皇是暴君，但站在兵马俑阵前，都不得不惊叹：秦始皇为子孙留下了千秋功业，为后代保住了神秘皇陵。登骊山，我还到过烽火台，这是发生在比秦始皇更早时候的故事。“幽王烽火戏诸侯，褒姒一笑失天下”，西周幽王为博取褒姒的一笑，竟然下令点燃烽火；当西周真的受到外敌进攻而点燃烽火时，各个诸侯都不再相信那是真的，也不前来救助，结果幽王被杀，褒姒被掳，西周从此灭亡。这一切不是被情所困，又是什么？

时间一长，我与父亲的同事都熟悉了，开始没大没小的，感情上相处得比较融洽。这其中有长安县人陈自强、大荔县人老李、河南人小李、西安人张大犹（满族）等。他们陪我去项羽设鸿门宴的新丰镇、“泾渭分明”的渭河边玩耍。礼拜天跟着父亲到临潼县城樊逸缜舅公的窑洞家里，星期天到西安鲍伯伯家吃饭，边吃边听大人聊，了解大人和社会，学到许多课本上学不到的东西。他们纷纷夸奖我这个“小上海”人机灵，我得意地把这些情形告诉祖父，祖父回信提醒我：“虚心使人进步，骄傲使人落后。”

我本具有南方人的细腻，这下又增添了北方人的豪爽。这在生活习惯上尤其明显，开始变得喜欢面食，馒头夹着辣子，蹲在石凳上吃饭，大蒜、大葱照吃不误。现在若是应酬喝酒，最先倒下的一定是别人。尽管我胃出血 3 次，但神情豪爽得像北方汉子。记得那时肉夹馍 1 角 5 分钱 1 只、鸡 2 角 5 分钱 1 斤（1 元钱能买 1 只鸡）、西安东大街西餐 3 元 5 角钱 1 套。尽管物价低廉，然而物质极其匮乏，在 302 工地每天只吃两顿饭，临潼县城的商店内货架空空如也。好在临潼出产的水果不少，石榴、杏子、柿子树就在工地旁边，夏天里常常吃得我肚子发胀。面食对胃口，身体也长高了，“乐不思蜀”的我已不再想上海。“文革”发展

到“复课闹革命”阶段，学校要开学，祖父又来信催我回上海。

告别骊山，告别父亲，坐上西安回上海的火车。在回沪途中，我平生第一次作了“最值得骄傲的大人般的决定”——返沪途中在南京下关车站毅然下火车，对南京进行了 4 小时的“闪电式访问”，结果差点把去火车站接我又没接到的祖父和姆妈急煞。

1968 年 9 月初回到上海后，临潼于我时常魂牵梦萦。以后曾经四次访问临潼，追寻少年时的踪迹，但每次都无功而返。临潼实在发展得太快，除了骊山、华清池等地外，其他地方我都不敢认了。48 年前的月亮早已沉下去了，48 年前结下的骊山情还没有完——完不了。

连绵骊山情，帝王将相影。褒姒一声笑，西周幽王命。

劳工白骨堆，秦始皇帝陵。沉湎华清梦，马嵬玄宗惊。

彷徨兵谏亭，踌躇良虎醒。辣子肉夹馍，甜杏柿子树。

机灵小上海，速成西北佬。火车返沪日，祖父急煞时。

成都文殊院

成都市位于四川盆地的中部，东经 104 度，北纬 31 度，占地面积 12,390 平方公里，人口 1,100 万。这里土地肥沃，出产丰富，四季分明，宜人居住。古代成都又称为蓉城、锦城、锦官城，素有“天府之国”的美称。市区内有著名的杜甫草堂和武侯祠、古老的道教青羊宫、宽窄巷子等名胜古迹，近郊有都江堰和道教名山青城山。

成都文殊院是中国著名佛寺，川西“四大丛林”之一，宋时名“信相”。创建于隋朝大业年间（605—617），曾经毁于明朝末期兵火。清康熙三十六年 (1697)，慈笃禅师发愿恢复，因其德行远播，众谓其是文殊菩萨化身，官民捐资重新建造，并改名为“文殊院”。“文革”期间文殊院没受到大的破坏，有幸得以保存完整。目前共有五重殿宇，占地面积近百亩。最近几年又兴建了塔殿、亭、廊阁等，并开办了空林佛学院、慈善功德会、空林讲堂、图书馆等，以培养僧人。院内藏有康熙、乾隆等皇帝的题词、现代名人启功等书写的碑帖等，可算是成都一个值得游览的古迹。

早先有朋友告诉我，踏进寺庙，讲究的是心诚则灵，倒不一定要三跪九磕头，点香四处拜。我觉得有些道理。人内心平静很要紧，否则功利性强又头脑烦躁，所设想的目的或者目标不一定能够达到。怀着宁静的心情参观文殊院，倒也兴趣盎然。两天去参观两次，没有细细观摩康熙、乾隆的题词，而是慢慢品味五重殿宇两边挂着的许多佚名箴言。我看得特别仔细，也很有感悟。例如：“物质的苦乐没有标准，心中的自在才有价值；成功的定

义因人而异，道德的圆满才是真谛”“灵心，忠厚，率直”“温暖腐败，寒冷保鲜，清苦环境，激发智慧”“人生本来苦短，上岁数了，养养心，念念经，积些功德也算圆满”“试问世间人，看几个知道饭是米煮；请看座上佛，只不过认得田自心来”“闹炼心，静养心，坐守心，行验心，言省心，动制心”“圆如中道”“容颜表达喜欢；肩膀承担责任；微笑美化人心；胸怀包容一切”等。都是宽容舒怀的语言，使我陶醉其中，流连忘返。

在文殊院读到这样一些浓缩古代文化底蕴、闪烁民间智慧光芒的箴言，犹如脑海中涌进一股清泉，让人受益匪浅。

身居人杰地灵的天府之国，足立1400年历史的禅宗古刹，欣赏、领悟先人创作的那些智慧的至理名言，真是一种艺术享受和思想熏陶。不知不觉中，夕阳已经西下。

万航渡路 731 号

万航渡路 731 号（旧称梵皇渡路），租界时期叫极司菲尔路，起于静安寺，终至极司菲尔公园（今中山公园）、圣约翰大学（今华东政法大学）附近。万航渡路至今仍保留着“汪伪 76 号”、胡适故居、中行别业等具有历史意义的建筑。万航渡路 731 号的一排房屋没啥影响力，只是“731”这数字有点神秘。

这里原来驻扎过一个单位，叫上海化工土建队。该队的前身是上海化工机修一厂（大渡河路）修建队。以修建队的领导为骨干，再吸收南汇等地的泥水木匠、少量大学生、较多的社会青年等，组成一支几百人的土建施工队伍，主要任务是为上海化工系统土建、筑炉、保温等项目服务。上海化工土建队成立于 1958 年，20 世纪 60 年代以后在万航渡路 731 号正式挂牌。原来的 731 号，仅是一幢西式小洋房，钢窗打蜡地板，房间带壁炉，还有些附属用房，地形为三角形，占地面积大约为 1.7 亩（约合 1,133 平方米）。

我跟上海化工土建队到底有啥关系呢？ 1972 年底我从上海市六十二中学毕业，被学校分配到这个单位。1972 年 12 月 6 日上午，阴天，我早早起床，乘 20 路无轨电车到静安寺，转 45 路公交车，在终点站下车，前去报到。劳动工资科带我到第三施工队，分队在小洋房的底楼左首房间，约 6 平方米。接待队长奚金标和指导员戴荣林。简单寒暄后，我领了安全帽、工具包加泥刀铁板各一把，由分队生活员带领，乘 94 路公共汽车，直奔上海树脂厂工地。

树脂厂是扫尾工作，工人并不多。我的泥工师傅是严福官组长。记得我当时二话没说，挽起袖子，拿起铲子就拌黄沙、石子和水泥……过了一个星期，班组调往树脂厂对面的燎原化工厂（天原化工厂）五车间，任务是给倾斜沉淀池上口补浇细石混凝土及粉刷。差不多燎原化工厂的任务结束后，我领到第一个月的工资：16元8角1分，另加洗理费、车贴少许。第二年月工资18元打头，第三年21元打头。等三年满师，36元起步，因我在工作中表现优秀，加到42元……

1973年春节前，我们班组调往闸北区南山路75号，给师傅带的班组增加些人员、机械设备。这次任务是铬黄颜料厂建造1000平方米的3层仓库，从基础开始完成整栋建筑物。到了颜料厂我才有工具箱——一只水果箱加把锁。我将搪瓷碗筷、工具、替换衣服均放在箱子里，还请中学同学朱兆勤（他被分配在新中动力机器厂）帮助加工一些如线锤、阴阳角铁板等泥工小工具。严师傅和其他叔叔、阿姨都用赞许的眼光看着我这个新泥工。

我在学校加入了共青团组织，为表示要求进步，到化工土建队不久，就向第三施工队党支部提交了入党申请。接着我就通过埋头苦干、劳动工作，以实际行动争取加入党组织。不到半年时间，仓库结构到顶了，拆模板朝天钉将我的右脚扎破出血，自以为是的安全记录被我自己打破。但是我不怕，继续认真学、拼命干。有一天我在上海玻璃厂工地，下半夜2点，我竟然在石子堆上睡着了……不太长的时间，我已经初步学会了泥工、木工、钢筋工操作的基本技术，具备初步的觉悟，与班组工人群众的感情也越来越深。这恐怕与我中学时学工、学农的经历有关。长年累月下来，我转战上海的几十个化工厂工地，光饭菜票就积攒了几十家之多。进单位2年后，在上海化工机械二厂工地，木工师傅徐梦根在配制防空洞的模板时，不慎从2米高处摔下，当场不省人事，大小便失禁，送到华山医院抢救，当天死亡。同事中有些年轻人因恐高、

工作流动性大等原因，已经向领导提出要求，希望调离第一线的泥水木匠工作。但是我担任着团支部书记、总支委员等社会工作，不能怕苦怕累。业余时间我还读夜校，生活安排得很充实。我在上海的嬷嬷提议，侬不要再做泥水匠，我帮侬介绍女朋友。我心想自己正忙着呢，便一笑了之，婉言谢绝。今天我回忆这段工作生活的情景，觉得蛮有意思，真像田震的歌唱的那样："想想明天又是日晒风吹，再苦再累，无惧无畏。身上的痛让我难以入睡，脚下路还有更多的累。追逐梦想总是千转百回，再多痛苦、再多忧伤自己去背，总是无怨无悔。 纵横四海笑傲天涯风情壮美……纵横四海笑傲天涯永不后退。"这段经历对我的成长，有着终身不可替代的影响……俗话说"百炼才能成钢"，我就是在这种艰难苦涩的日子里锻炼成长。1974 年 9 月，我光荣地加入中国共产党，介绍人分别是朱海兴和沈芹初两位同志，此时离我进上海化工土建队不到两年。入党对我而言，意味着人生发生了重要转折。

高敬珠副书记由上海合成树脂研究所书记降职到土建队任职。山东籍的高书记人也长得高，他的到来为土建队带来了好运。他是一名干实事的干部，开大会时直言不讳地说，无论国家、地方、单位，要欣欣向荣大发展，就要大兴土木。因此，在他的提议和大力推动下，万航渡路 731 号起高楼了。与此同时，土建队真正迎来春天。吴泾化工厂 30 万吨合成氨工程及 40 万吨尿素工程、上海焦化厂三煤三焦抢险工程，化工局将一大批大工程分配了给土建队做。局里给土建队配备不少工程技术人员，添置大型机械设备等硬件，有克令吊、大卡车、铲车、挖土机，还有日本五十铃面包车、美国切诺基吉普车等。土建队鸟枪换炮啦，顿时有了"家大业大"的感觉。特别是靠马路一侧建造角尺形状的五层办公楼，外墙面为淡绿色汰石子，钢门钢窗，底层为职工食堂，二、三、四层为办公室，五层做大会议室，全公司职工都喜气洋洋。新大楼建成后成为万航渡路上一道靓丽的风景线，让上海化工土建队俨然成为曹家渡的一家大单位。不知道高书记今天安好？在我眼中，新大楼不仅是当年化工土建队的荣耀，也是高书记工作的一块丰碑。

入党后，我仍然不脱产，继续任三分队团支部书记兼团总支委员。1976 年初，党、团组织又给我“压担子”，要我负责带几十个工人去崇明县长江农场，到 14 连参加学农半年，副队长是陈龙（74 届嘉定人）。我以身作则，和小陈一起发动了各个团员骨干的作用，包括在毛主席逝世的 1976 年 9 月 9 日，全体工人在 14 连由我带领着参加农场的悼念活动。出色完成各项学农任务后，我们顺利返回上海。

1977 年 10 月，因工作需要，我被借往清查办公室（新大楼 4 楼），在顾友高同志的领导下开展工作，主要通过内查外调整理报告，让公司领导决定。为了把事情的真相弄清楚，我跟老顾不辞辛苦，跑机关、工厂和学校，走监狱、劳改农场及街道里弄，除上海市外，还跑过南昌、安徽白茅岭、南京、苏州、湖州等地。我从老顾身上学到许多东西，包括怎样做事情，怎样与人谈话，怎样掌握主动，老顾都是手把手地教我，连签名这样的细节都严格要求，必须写“以上情况属实”，用钢笔签上名字。万一当事人不会写自己的名字，就画十字；在押犯人签字后，一定要按手印等。整理综合报告，要以事实为依据，突出重点，用词恰当，符合逻辑，字迹要端正等。那次在去南京梅山外调的返程火车上，唯一一次我俩喝酒，买了两听易拉罐啤酒、一只扒鸡。他说小方啊，如果有人欺负你，第一次要忍耐，他再一次欺负你还忍耐，第三次欺负你怎么办？以牙还牙，叫那家伙记住你不是好欺负的！这

话听上去虽然不是太仁慈，但是以后我在现实世界中发现先礼后兵屡试不爽，心里不得不佩服老顾对社会的真知灼见。老顾对自己要求很严，他说，开展工作一定要清正廉洁，做坏事迟早会败露；其实我们搞调查，就是通过查蛛丝马迹，把真相揭露出来。如果说我到万航渡路 731 号后，严福官师傅教我怎样做个好工人，使我学会“工完料尽场地清”，那么顾友高老师就是教我怎样做个好干部，让我懂得“对人要宽，对己要严”。是他们两人的教诲，使我能够一路顺利地走到今天。非常可惜，顾友高老师因严重糖尿病复发引起器官衰竭不幸去世，年仅 61 岁。想当年孟国仁是和我一起借调进清查办公室的，他后来接我班，任公司团委书记。小孟他说起老顾，也是赞不绝口，直称顾友高是我们的启蒙老师。“送战友，踏征程，默默无语两眼泪，耳边响起驼铃声。路漫漫，雾蒙蒙，革命生涯常分手，一样分别两样情。战友啊战友，亲爱的弟兄，当心夜半北风寒，一路多保重……送战友，踏征程，任重道远多艰险，撒下一路驼铃声。山叠峰，水纵横，顶风逆水雄心在，不负人民养育情。战友啊战友，亲爱的弟兄，待到春风传佳讯，我们再相逢，再相逢。”此刻最能代表孟国仁和我对顾友高恩师思念之情的，莫过于蒋大为演唱的歌曲《驼铃》。

1980 年初，张震北调任上海市化工装备工业公司团委书记（第二任），我便接替张在上海化工建筑公司的团总支书记位置。本人从工地上调，并填写中央组织部的干部履历表。两年时间，公司团组织连续被上海市化工局团委评为局级优秀团组织，在学雷锋义务劳动中还受到过共青团团中央第一书记韩英的慰问、接见。

1982 年，我从公司机关调同普路机修车间任党支部负责人，学习电焊，驾驶行车、挖土机，学习制作钢窗，可来劲啦。有件事情今天仍然记忆犹新。我家在人民广场附近，上班需换 2 部车到车间，一次因火车凯旋路道口封闭，迟到2分钟。车间主任郁关心，人称“老苏州”，扣了我和其他迟到者5角钱，并榜上有名，理由是“早点出来，不是不会迟到吗”。旁边还有另一张布告，是表扬，说我爱国卫生工作做得好，奖励2元钱。

到机修车间工作一年不到，组织科黄科长找我去谈话，调吴泾预制品构件厂任党支部副书记（主持工作）。该构件厂地处电化厂和吴泾化工厂之间，共17亩地（约11,300平方米）。这里的工人组成有点复杂，由征地工和劳动教养释放人员等组成，“大吵三六九，小吵天天有”，劳动纪律涣散，产品质量不好。公司领导对这个厂十分反感，头皮发麻，就把我“这把刀”从机修车间挪过去用。我没有辜负党组织的期望，两年时间，我通过努力工作，发挥党员的先锋模范作用，调动一切积极因素，重视发挥技术人员的作用，狠抓构件质量，使产品质量有了大幅度提高，厂的面貌焕然一新，从一个脏乱差部门一变为响当当的清洁文明单位。工厂内龙门吊高耸入云，金鱼在水池里欢游，绿化台围着欢迎广告牌。为寓教于乐，党支部大力开展文艺体育活动，从此全厂职工都团结友爱，和睦相处。我的工作事迹不知为什么让化学工业局的领导知道了，于是我便脱颖而出，1984年被评为上海市化工局先进工作者，上海市化工局十大优秀青年厂长、党组织书记。1985年初，在福州路上海市政府大礼堂接受大会表彰……

我又被调往第一工程队任队长，做回本行。我深入工地，接触广大工人师傅，指挥全队完成浦东化工厂2万吨纯碱、染化七厂2万吨苯酐、化工专科学校教学楼、大孚橡胶厂大型仓库等工程项目，从工程队角度帮助解决管理或者技术上的问题。开例会时，那些大班长个个都是“老烟枪”，我就与“老烟枪”们打成一片。我还担任过一年公司工会副主席，协助公司主要领导举行

为期一周的化工建筑公司成立30周年庆祝活动，包括桥牌邀请赛，美术、书法、摄影展览大赛，文艺歌唱表演会，体育活动比赛，极大地激发了职工爱公司、爱车间、爱队的积极性。庆祝大会在美琪大戏院召开，1500 多人座无虚席，化工局特意派许秋塘副局长作为代表前来祝贺……

经过竞聘，我成为第一承包队队长兼党支部书记，日日夜夜忙碌于化工培训中心教学楼、15 万吨离子膜烧碱控制中心、江苏路公房等工程项目，全年无休。我得到公司的 500 元承包奖，拿出 300 元钱买健牌香烟和巧克力糖，和承包队员工一起分享。

1990 年我被公司职工直接选为公司工会主席。上任后我提出每年为职工办十件实事，内容包括义务为职工理发活动、六一节评比职工优秀子女活动、改建机关职工厕所，全公司发放年货和哈密瓜、举行各种文体活动、购买 50 座的大巴士等，受到广大职工的热烈欢迎。公司工会多次被评为局级优秀工会组织。

我在这段精彩而漫长的工作经历（21 年）中，还注意提高自己的文化水平，克服许多困难，完成了业余初中、高中、大专、本科的学习。组织上还送我去团市委、市总工会培训，到市科委听系列讲座报告，使我有机会面对面接触、聆听像团市委领导汪明章、陈启懋，市总工会江荣主席、蒋明道副主席，市有关委办的主任赵启正、黄奇帆等的讲课或者报告。我还代表公司到福州路市政府礼堂听市委书记黄菊的报告，在上海体育馆听朱镕基市长的大报告……

1993 年 8 月 3 日上午，我在公司党委委员、工会主席的任上接到通知：经上海市化学工业局党委讨论决定……到汉口路 110 号化工局报到任新职。一年后旗开得胜，工作开展顺利，我交了一份漂亮的成绩单，主管局长很是赞赏，还将自己换下的轿车调

拨给我们公司使用。

1996 年，上海化工建筑公司因业务匮乏、资不抵债、拖欠巨额税款，被上海化工安装公司合并。“上海化工土建队”完成了 38 年的历史使命后，在万航渡路 731 号落幕……

我在上海化工土建队（后改名上海化工建筑公司）工作长达 21 年。得到过许多表扬、奖状和奖励。但我最最在乎的，是广大职工群众对我的肯定和表扬，尤其是有的老职工在病危临终时还惦记我，挂念我……

美琪大戏院

美琪大戏院门厅

上海这座城市有着太多的故事，辛酸抑或是浪漫，渺小抑或是伟大，对上海而言，到处都是信手拈来的故事。上海市静安区有块巴掌大小的地方，即东西向南京西路到北京西路中间、南北向江宁路到陕西北路中间。就在这么一块土地内，至少有三处建筑物不同寻常，值得纪念，那就是梅龙镇酒家、基督教怀恩堂和美琪大戏院。

梅龙镇酒家始建于1938年春，砖木结构，位于今南京西路江宁路口。酒家欧式的南立面，依稀存有我童年时梦绕魂牵的印象。酒家之名来自明朝正德皇帝“私访梅龙镇上酒店”之传说，昔日这里是上海文艺界等名人贤达的聚会佳地。基督教怀恩堂，砖木结构，由美国传教士乐灵生建造于1910年，位于陕西北路375号，原址在虹口北四川路。美琪大戏院落成于1941年，建筑面积5416平方米，框架结构，名称意为“美轮美奂，琪玉无瑕”。这三座有历史意义的建筑近在咫尺，相距不过百米，如今却淹没在中信泰富、梅龙镇广场和恒隆广场等超高层现代建筑群里。然而它们始终没有离开过人们的视线。上了年纪的上海人，可能不晓得恒隆广场，但不会不晓得美琪大戏院。

美琪大戏院大门上方呈圆弧型，中间高于两侧，立面作垂直线条的长窗，风格简洁大方。据介绍，美琪大戏院营业后放映的第一部电影是美国福克斯电影公司的彩色歌舞片《美月琪花》，梅兰芳等京剧大师也在大戏院里演出过。解放初，周恩来、陈云、陈毅等领导人都在这里主持过重要大会。“文革”前，我读小学，经常会与同学一起去美琪大戏院看电影，如和殷导峡同学一起观看电影《智取华山》等。“文革”期间，美琪大戏院曾被更名为北京影剧院。俄罗斯国家芭蕾舞团来这里演出过《天鹅湖》，这次演出肯定吸引了不少上海人的眼球。上世纪 70 年代，朝鲜歌剧《卖花姑娘》在美琪大戏院演出过。我原工作单位 1988 年举办公司成立三十周年庆祝活动，各种活动排满一周，最后的高潮是庆祝大会，是我联系安排在美琪大戏院，1500 多人济济一堂，热烈、隆重，鄙人当时还坐上主席台主持。后来公司倒闭，至今想来，兴衰盛亡是事物的发展规律，难以抗拒。

上海这座城市，给人们太多值得骄傲的理由。

当诗人已经凋敝，戏剧已经落幕，

建筑还在说话。

延吉行

姐姐方协伦在黑龙江军垦农场与战友们合影，后排右一为姐姐（1970 年）

2009 年的初秋夜，当空客 A321 型飞机降落在延吉机场，时针刚好过 12 点。初次见面的栾秘书长一句“久闻大名”的客套话，拉近了我俩的距离。10 分钟车程，便抵达下榻的大洲宾馆。

虽然第一次踏上东北的土地，时间已是凌晨，我却毫无倦意。窗外静谧的空气，我已经久违了。回想起姐姐 1969 年去过那更加北面的黑龙江富锦县军垦农场，自己 1968 年在西北某工地遇见的施工队家属是东北妇女，她们贤惠、善良、能干；1964 年小学语文课本中记载的“东北三宝”——人参、貂皮、乌拉草，还有那心中久仰的美丽长白山……就这样，我想着想着，迷迷糊糊地进入了梦乡。

延吉市位于吉林省东部长白山脉北麓，处于北纬 42 度，东经 129 度。由于地处高纬度地带的山林盆地，春季干燥多风，夏季温热多雨，秋季凉爽少雨，冬季漫长寒冷，属中温带半湿润气候区。

极端低温达 -28 摄氏度，冬季结冰日长达 175 天。

吉林省延吉市是延边朝鲜族自治州首府，二人转、狗肉馆、商店招牌上的朝鲜文在暗示我，自己身在延吉。延吉市有着得天独厚的自然条件和优越的地理位置，东面直距中俄边境 60 公里，距日本海 80 公里；南面距中朝边境 10 余公里，有较好的通海条件。我堂哥方传丰以前到过延吉，他参观过一个边防哨所，清朝政府曾在此立有一块朝向三面的“土字碑”。

延吉土名“烟集岗”，又名“南岗”。“延吉”在满语中为山羊之意。开发初年，此地常常烟云茫茫，雾气笼罩，故称烟集岗。延吉又有“吉林的延长”之意。清后期称“局子街”，即官衙所在地之意。民国时期也叫局子街，习惯上称延吉。

紧张的工作会议顺利结束。第二天正好休息，会议方组织我们旅游。延吉到长白山的车程需半天时间，到了山下，导游再三关照大家要耐心排队，因为等越野车上山的时间要两个多小时。到了现场便傻眼了，几千号人排着长队，当时气温高达 30 多摄氏度，老人、小孩真受罪。但是长白山的山形地貌确实不凡，毕竟是火山喷发后留下的遗迹，奇特无比。长白山脉是图们江、松花江和鸭绿江三条江的源头，附近百姓把长白山看作圣山，如印度人民把恒河比作圣河一样，再拥挤也无所谓。从排队的韩国老人脸上，也根本看不出有什么埋怨。好不容易从北坡登上长白山山顶，只见乱石满地，尘土飞扬，大伙挨着个儿排队，眺望那山坡下 300 多米远处的天池及山左侧面的朝鲜水文观察站。

大洲宾馆挂着横幅：欢迎第二批上海知识青年返回延吉纪念活动。从 1969 年开始，有 4000 多名上海知识青年到延吉等地插队落户，除个别病故或其他原因，大部分均返回上海。40 多年过去了，如今他们都成了小老头和小老太，今日回到延吉，应当属于“荣归”。我姐姐的命运与他们大不相同，小时候她在上海得过“游泳运动健将”称号，20 岁主动要求去黑龙江军垦农场，22 岁接到部队政治部通知，去大连老虎滩集训报到，准备参加全军运动会。但后来可能是被别人“开后门”顶替，从此失意。原来留在上海的姐姐的同学胡同学，成了世界游泳冠军杨文意、庄泳的教练……命运就是如此让人感慨，难以预测。姐姐如果今天还在世，她一定会高兴地和战友们重返黑龙江军垦农场……

1 亿多东北三省人民，生活在 78 万多平方公里、地广人稀的极北严寒之地，养就了独特的性格。二人转便是他们喜欢的独特艺术形式，东北人是“宁舍一顿饭，不舍二人转”。在延吉的三个晚上，我连看了三场二人转。最早了解二人转，是看赵本山在央视春节晚会上的演出。一般认为二人转产生于清朝嘉庆年间，脱胎于东北大秧歌，借鉴什不闲、东北大鼓等曲艺形式发展而成，至今已经有近 300 年历史。现在的节目除了传统表演动作外，还夹杂了摇滚音乐、涂鸦文字、惊险动作等。二人转在“俗”和“雅”之间寻找着某种平衡，俗气活跃，但有些粗野。

延吉市著名的梅花狗肉店，是大伙分手前的聚餐点。因为家中有条小猎狗“班奇”，故有恻隐之心，晚餐前先吃了一碗刀削面。但是到饭店，看到狗身体的“零部件”都上了桌面，众人又劝酒，就由不得自己啦。于是喝高粱，吃狗肉，满头大汗，醉眼看世界，豪情万丈，爽得很！民间传说：“猪肉补一天，羊肉补七天，狗肉要补十三天。”难怪吃狗肉后的一星期内，我每晚都从睡梦中热醒，并觉得口干，要爬起来喝白开水。家里的宠物狗班奇似乎发现我吃过它同类的蛛丝马迹，回家见我时已没有往日那般亲热，还把我不慎掉在地上的朝鲜纪念章给咬坏了。

稳坐在返航飞机的头等舱位，脑子里却飞快地搜索着这几天在延吉的深刻印象，其中大洲宾馆的自助早餐有盆萝卜苗菜，我特别爱吃。菜形如豆芽，约两厘米长，初尝时觉甜，继而觉酸，然后是苦，最终则辣。漫长的人世间旅途，不就像萝卜苗菜那般甜酸苦辣吗？

12 号线开工典礼撞上 13 级台风

2016 年春节前，上海轨道交通 12 号线全线通车。该线长超过 40 公里，总投资超过 386 亿元，均为地下线路，有 2 处停车场、32 个车站（19 个换乘站），被誉为上海轨交网络的“换乘王”。12 号线中的接触网部分被称为“生命线”，是直接给线路提供动力的。朋友妙春兄说起 12 号线，喜形于色：他家住西区，现在到市中心淮海路、南京路，12 号线“一部头”，太方便了，“像长翅膀一样”；12 号线通车真是上海人民的福音，政府决策英明，施工单位有功。我顺便提到自己参与过 12 号线工程项目。妙春兄听到立马接住话头说，方兄侬故事太精彩，无论如何要写出来，让大家知道。经不住他再三鼓动，我终于拿起笔，回忆这一“上海民心工程”背后的往事。

众所周知且有据可查，被命名为“海葵”的台风是近年来侵袭浙江、上海、江苏等地区的最高级别台风，其中心风力超过 13 级，用工程方面的术语形容，是“不可抗拒的自然灾害”。“海葵”强台风登陆浙江宁波的时间为 2012 年 8 月 8 日凌晨 3 时 20 分。

话说此前的半年，中标承担 12 号线接触网任务的某中央施工企业，正踌躇满志、紧锣密鼓地进行施工前准备工作，包括搭建 8000 多平方米的临时设施（共分为 3 处）、熟悉图纸、调动人员和机械、采购相关材料及办理相关施工手续等……说他们踌躇满志，是因为在接触网专业方面该企业无可挑剔，在国内外都成绩斐然。不过该企业在上海地区干的工程不多，是第二次，上一次同类施工项目竣工后出过一点小意外。开工前，一切准备工作均在有条不紊地进行之中，包括准备举行盛大的开工典礼仪式。该企业领导特别委托一家礼仪公司操办，时间定在颇为吉利的 8 月 8 日上午 10 点 28 分。随着时间日益临近，关注该项目的各相关人员都充满着兴奋的期待。

该企业的上级单位总部在湖北，我跟他们结识在开工前半年。那天他们的党支部书记及办公室主任亲自接我们到施工现场，工人正砌筑临时设施的围墙基础，我当场明确指出，这基础砌筑应按图纸要求，用测量方法控制好墙体标高……初次见面，他们就觉得碰到内行，察觉到我的干练和直爽。该企业领导提出一起到附近的七宝镇坐坐，已经安排好，我以将来有机会为由谢绝了，又让他们觉得我这个家伙不好通融。正式进场后，我向施工单位宣传贯彻国家、地方有关机构规定标准及文件，其中《安全生产，文明施工，消防工作总交底》明确讲，重点搭设标准是抵御 12 级台风。之后在该企业个别人员违章作业、协调消防机关处理材料等级降低等事件中，他们进一步了解了我的处事风格，并能积极服从配合我开展工作。

离 8 月 8 日的开工日期越来越近。7 月 25 日晚上，在金海路停车场隧道内，有 70 根 M16 化学螺栓要作拉拔试验。尽管当天有应酬饭局，可我觉得拉拔试验更重要，便推辞应酬，直奔中春路停车场。晚上 7 点 30 分，该企业全体人员正准备集中学习，这样的场面一般单位已经非常少见，我心里肃然起敬。该企业前身是工程兵部队，纪律一直严明。我带着 2 名技术人员和司机驱车前往金海路停车场，到达现场不久，提供化学螺栓单位的 2 个人提着拉拔器、穿着拖鞋，姗姗来迟。我一脸严肃，责令他们换上工作鞋、戴上安全帽，然后问他们拉拔比例、拉拔力矩、过临界的处理方法。一切必须按照原定拉拔方案进行。隧道里寒气逼人，

我后背脊梁骨像有凉水在浇，但顾不得那么多，我和朱同生工程师爬上轨道车，一一核对拉拔的数据……深夜 11 点 30 分，有一根化学螺栓过临界点被拔出。提供化学螺栓的单位人员有些慌张，我说一是马上电话向老总汇报，二是把这根化学螺栓带回去研究，三是按照原定方案，接下来所有螺栓都要经过拉拔试验。事后调查证明，提供化学螺栓单位没有责任，螺栓质量没有问题，原因是施工人员种螺栓时胶水未灌足，拔出的那根螺栓仅有一半胶水。施工单位上下再次领教了我工作态度的老辣和一丝不苟。

“吃素碰到月大，人算不如天算。”12 号线开工典礼，与 13 级台风偏偏撞上、较上劲了…… 8 月 7 日晚上，狂风中，我驾车穿过整个上海城区，直奔金海路停车场。金海路停车场位于上海浦东郊区吴淞口，靠近东海边，周围无任何建筑物群阻挡，如遇台风侵袭，风力肯定要比市区大得多。此次我到工地检查开工典礼的准备工作，遇到了 13 级台风，确切地说是去迎战 13 级台风。

该企业的开工典礼邀请了许多来宾，有建设方申通集团总裁和该企业南方公司的董事长、中国铁建上海代表处总经理、《人民铁道》报的领导等。一切都按照原计划进行，议程中还有青年突击队的授旗仪式等。我几乎一夜未睡，一直在关心台风的轨迹和中心风力，现场的男厕所和洗衣房的顶板已经被吹翻。凌晨 5 点多，礼仪公司人员冒着狂风暴雨，准备搭设主席台。在这千钧一发的时刻，我挺身而出，果断下了命令：“今天停也得停，不停也得停！市政府通知停止一切户外活动，包括我们的开工典礼。不管有多少阻力，所有责任我来担当！”礼仪公司人员愿意听劝，但该企业的现场人员不听。我打他们领导的电话，打不通。我绝对不让步，“该抛锚时坚决抛锚”。最后典礼被迫改到地下车站进行，所有工人干部当天都安排住到宾馆……台风过去以后，临

时设施的加固费就用掉 5 万多。这次开工典礼彻底让该企业服了我在非常时期、非常结点时的勇气和魄力。

12 号线全线通车了，上海人民欢欣鼓舞，乘坐的民众更是赞不绝口。可是 12 号线对于我而言，却是“别有一番滋味在心头”。惊险的一幕终于没有发生，而一个叫“担当”的词长久地萦绕在我的心头，难以忘怀。

人物篇

人乃万物之灵

师生缘

教过我的老师数以百计，留下印象的却不多，影响我人生的更是凤毛麟角。此生能得到何雪琦、严诚忠、刘统等良师的教诲，乃是前世修的缘啊！良师们对我岂止是启迪心智、荡涤心灵，他们的教诲，注定要影响我的一生。

小学语文老师兼班主任何雪琦是我的启蒙老师。她为人诚恳，办事公正，是我初入社会学习做人的楷模。我8岁时担任少先队中队长，红领巾戴得端端正正，衣服穿得整整齐齐。当其他同学处于懵懂之时，自尊已悄然在我心底萌生……在何老师的教育下，同学们很团结，我与成绩较差的同学被分进一个小组，拾到路边一角钱主动上缴，自觉帮推人力货车上桥头……逐步养成了善良的美德；我带领同学们溜冰、去少年宫活动等，积极参与跑步、打乒乓、做眼保健操，提高了组织能力。一次语文测验，我将“教育”的“教”字的右边部首写成了耳朵旁，被何老师扣掉1分，这事在我心里一直清晰如初，一丝不苟的学习态度由此养成。在小学，我多次被评为“德、智、体”全面发展的三好学生。从担任中队长开始，我进单位后当了班长、工人、书记、队长、工会主席、总经理、董事长等，一路成功走到今天。但是小学时期无忧无虑、阳光灿烂的时光，仍然是我人生中最美好的岁月和记忆。

王效禹老师是“文革”期间我的中学班主任，对我有知遇之恩，让我担任班长。之前因为我“出身不好”，没有加入红小兵组织。王老师是好人，不久他被提拔到别的中学担任领导。接替的班主任是张根生老师，他是复旦大学62届历史系调干生。那个年代，

学生除读书外，还有“学工、学农”等政治任务，我班各方面成绩在全年级 16 个班中名列前茅。临近分配，姐姐在黑龙江军垦农场，父亲在西北支援内地建设，祖父患晚期肝癌，我首度深切体会到人生艰辛，内心备受煎熬。有同学建议我去向张老师反映情况，以得到照顾，我却认为：“有志青年应该一切听从党和祖国召唤，应该服从班主任。”结果分配到中华造船厂、新中动力机厂、新雅饭店、电信局等大单位的同学个个笑眯眯的，而那时我的祖父刚去世，我即被分配到“化工土建队”，内心感到愕然。张老师把我叫去寝室（他系单身在沪），指明我以后的前途方向在于“入党、提干、大学”。

参加工作后再读书，人煞是辛苦。一下班立马换掉工作服，骑上自行车，赶到静安区业余四中。陈老师教的速算及升降幂定律等方法，一直到现在对我还有用。中央党校函授学院上海分院的班主任张永康老师，憨厚老实，平易近人。我的同学们都是化工系统内各个单位的大小领导，这个张老师和大家教学相长，其乐融融。20 多年过去了，即使现在我和张老师的私谊仍然很好，拎起电话就可以直奔主题。

严诚忠教授在上海赫赫有名，他给我们上课时，已经是华东理工大学商学院副院长、市民革常委、市政协常委等。他是我读 MBA 的人力资源课的老师，上课内容丰富，非常精彩，常引得我们学生大笑。每逢他上课，教室一定爆满。他学识渊博，言语犀利，听说市里召开“两会”的小组讨论时，他曾向市领导提问。一个机缘加深了我与严老师的关系。毕业前，我请他做我的硕士论文指导老师，他爽快地答应了。本以为他工作很忙，只是应付而已，但是后来他对我的论文看得极仔细，前后共修改 8 次。那时，我们经常约好在徐家汇地铁站门口交接稿子，弄得像地下党联络员

接头一样。最后，毕业论文答辩，我获得了A级最高分。更重要的，是我学到了严老师的认真态度和真诚品格。

一次我参加复旦大学举办的“历史的真相和历史的智慧”讲座，刘统老师从容、幽默地讲了1个小时，我立即被他的魅力所吸引。刘统现在是交通大学历史系教授，他使我逐渐懂得“读万卷书，行万里路”的奥妙。2008年11月的一天，刘老师带我们上井冈山游学，他对那里的革命斗争历史了如指掌。下午一点半，我们到达四面环山的三湾村。红军在南昌起义、秋收起义后，到这里只剩1000多人、700多条枪。三湾村与井冈山相距70多公里，当天下午我们驱车沿着红军走过的山路，3个小时就到了黄洋界，红军当年这段路却走了1个多月。1928年8月30日，国民党派4个团包围井冈山，山上的红军仅2个连，急忙发动群众以充实力量，还弄来一门迫击炮。后来三发炮弹里两发是空的，但响的一发竟然打中了敌军指挥部，“黄洋界上炮声隆，报道敌军宵遁”。

作者与严诚忠老师合影

第二天，刘老师带同学们参观吉安县富田村的王家祠堂。那里原是明朝军机王大臣的宗祠，气派颇大，但因年久失修，破旧不堪。刘老师凭着扎实丰富的知识偶然发现，这里便是“富田事变”原址。身临其境，感觉就是跟书本上的不一样。近来听说，王家祠堂已经焕然一新。

中华民族五千年历史绵延不绝，极为重要的一个原因是，人

民敬重“天、地、君、亲、师”。我们老百姓对于老师的描述，语言最直白：“一日为师，终身为父。”

今日得意勿忘有恩师，明天更好告慰何老师。

难忘的72届（15）班

上海市第六十二中学（现为储能中学）地处黄浦区重庆北路270号。学校很正气，为四方型地块，南面为操场，北面三栋楼，楼与楼的夹弄间栽有年代久远的高大白玉兰树。有传说这里曾经是李鸿章亲属的房子，但到底是什么情况，我没有考证过。

1969年夏至1972年底，我由牯岭路民办二小分到六十二中学念书。社会上称我们是“新三届”，即71届（后改72届）。我们这届共有16个班级，我被编在（15）班，班主任是王效禹老师。我在小学时曾经经历两个“莫名其妙”，即不让加入红小兵组织，和撤了少先队中队长职务。可是不知道为什么，进了六十二中学，王老师竟让我加入中学的红卫兵组织，并让我担任班长（后改为连长）。对此我受宠若惊，一直到现在心里都感激王老师，他是我踏入社会后第二个扶我一把的贵人。同时，王老师让李工同学担任学校的红卫兵团委员。班委还有鲍小瑛、王小玲、沈蔚娅。沈同学有着楚楚动人的外表，是闸北区永兴路二小的中队干部。

可惜王效禹老师半年后调往其他学校担任领导，他是个好人。那天王效禹老师在课堂上宣布：接替他的班主任是张根生老师，是复旦大学62届历史系的调干生，兼教我们班的历史课。历史课是张老师的拿手活，熟门熟路。他给我们讲鸦片战争、甲午海战等历史知识时有声有色，还教一些地理知识。我记得张老师喜欢在黑板上画中国地图，他描述中国地图像一只大公鸡，东北在鸡头，云南在鸡尾……张老师还教其他班级历史课。

陈正明老师教数学。陈老师人很和蔼，后来也提升为学校的中层领导。许庆祥老师教化学。记忆中上化学课，学校备有简易

的化学实验教室和器材。函数、微积分、三角几何知识等数学课程，是我在参加工作后报名考进静安区第四业余中学及爱国中学高中部，重新补学的。教英文的吴老师很洋气，很有素质，听说她先生是华侨。她教我们“毛主席万岁”（Long Live Chairman Mao）、“中国共产党万岁”（Long Live The Communist Party of China）、“中华人民共和国万岁”（Long Live The People’s Republic of China），还教一些简单的单词，如“教师”“教室”“请坐”等。如果觉得以上描述就反映了我们72届（15）班的客观、真实的面貌，那是不够全面的，我们（15）班还有丰富多彩的活动内容呢。

（15）班的男女生之间平时互不说话，井水不犯河水，但是大家都很团结、守纪律。凡是学校领导布置任务，我们班总是完成得很好，于是学校对（15）班就更加信任。例如那年西哈努克亲王由周总理陪同访问上海，学校派我们班先后三次参加夹道欢迎（欢送）活动，我们感到非常光荣。第一次是晚上，在延安路靠新城隍庙那里，那天在马路上站到很晚。第二天是中午，在延安路成都路口，周总理和西哈努克亲王坐的是敞篷车，这是我唯一一次白天近距离见到敬爱的周总理！第三次是在淮海路近华亭路，欢送两国领导人的贵宾车队离开上海。

一天，学校通知，为了落实上级指示，要组织全体学生野营拉练。第一次演习内容：上半夜在六十二中学集合，张老师带队全体出发，步行至青浦徐泾公社的杜家生产队，稍事休息后折返，在西郊公园解散。我几十公里路走下来却不感到累，清晨西郊公园刚开门，我和周献平等同学还进去看老虎、狮子，看见饲养员喂狮子呢。也是后来听说，急行军回家后，卢慧洁同学被检查出癌的病灶。

正式的72届全体学生野营拉练开始啦！我们（15）班还被

命名为警卫通信连，领导说任务重要，要紧跟着团部。事先布置的路线安排是这样的：学校出发—张江—江镇—黄路—泥城—奉城—航头—周浦—到达学校，时间为期半个月。同学们把自己的背包打理得整整齐齐，劲鼓得足足的，雄赳赳、气昂昂地出发了。黄路站深夜为团部值班，暗号：“提高警惕。”答：“保卫祖国。”暗号每天都变。我们警通连把团部下达各班的命令及时准确地传达到位，团部领导对我班表现很满意。

在奉城站是借农场宿舍，睡双层铺。半夜刘荣根同学竟然从铺位上层摔下来，幸亏是土泥地，没出事。蹊跷的是刘自己全然不知，竟又呼呼睡去。后来刘觉得冷，就把下铺周献平同学的被子给拉下盖在自己身上，还是周献平冷醒了才发现刘摔了下来，于是惊醒了大家。航头站睡的大仓库，周浦站睡的低矮鸡棚，但大家觉得有毛泽东思想指导，再苦再累在所不惜。大部队中午回到学校，下午我与李工、周献平相约一起到云南路的上海浴室洗澡，洗去身上的仆仆风尘。三人从浴室出来，还美美地涮了一顿。

话说我们三人的哥们关系，中、小学同班不用说，情谊的升华得益于杭州三日游。那年代哪来旅游一说，但自有老天来安排。1969 年的一天下午，献平父亲周奇清（机电一局工作）帮助联系，我们三人在威海路静安别墅门口等，车到杭州西子湖畔住宿地已经天黑，月亮高悬，千年保俶塔静静耸立在宝石山上。第二天我们去虎跑，相传唐代二虎在此跑地作穴，移水而来，故称“虎跑”。在虎跑喝茶，最能体验同学间的闲情逸致，山泉为拥，林涛为伴，一杯虎跑泉水冲沏的龙井茶虽只有 1 角 5 分，却见证了我们三人的生命旅程。我们要永做朋友，直到世界的尽头。之后三人又游玩六和塔、蔡永祥纪念碑等处。迄今我去过“最忆是杭州”不下 20 次，但是印象最深的那次还是我们三人一起去的第一次。

根据上级指示，学校又安排 72 届全体师生在毕业之前接受工

人阶级再教育、贫下中农再教育，时间为两个半年。之前班干部先培训学工，由工宣队队长张连洋同志安排去上港五区码头上中班。我们登上中波航运公司的外轮，直接下船舱劳动，货物有大米、茶叶等。下班了，和李工等沿着大名路、外滩、南京东路边走边说笑，回到家已是深夜。班干部学农是到青浦徐泾公社豫家生产队，睡的农民家靠近水闸，用10天时间学习干一般农活。看上去，班干部培训一切顺利。

（15）班的同学学工分为两部分。我和鲍小瑛带一部分同学在威海路的上海十三制药厂（后改为海普药厂）学工，被厂方分在车间、食堂、大炉间等岗位。我上卡车做了运输工，师傅姓张，车辆是波兰制造的星牌卡车，整天原材料运进来，成品箱运出去。其实我内心想模仿驾驶车辆。我跟工人沟通没有任何问题，小时候去过西北，跟劳动人民接触好像特别容易，有天然的友好关系。只是我上卡车时张老师探亲，由许庆祥老师决定，张老师回来后有点不开心，不过整个药厂学工一切正常，张老师也就没有说什么。另外一部分同学由李工、沈蔚娅带领在黄陂路的上海地理模型厂学工。两部分同学学工表现都很好，(15) 班就是棒！

学农同学也分为两部分。我和鲍小瑛带一部分同学在徐泾公社的杜家生产队学农。杜家靠近牧场、水塔，张老师在我们这边。另外一部分同学由李工、沈蔚娅带领在杜家对面的豫家生产队学农，中间隔着沪青平公路。插秧、收割早稻、割麦子、挑担、撒猪粪，农民做什么，我们就做什么，不怕脏，不怕累，硬是让农民伯伯竖起大拇指。收割下来的稻子，晒在离杜家不远的宽公路上，戏称为“飞机跑道”。边上搭个三角棚，用塑料布盖上，晚上就睡在里面看守。谁让我是班干部呢？我要带头。学农期间传来噩耗，卢慧洁同学病逝了。杜家派了陶创天同学，豫家是沈蔚娅同学代表我们大家参加卢慧洁的追悼会。食堂烧饭也是自己动手，成培

新、杨明琍、俞曼英、陶创天四位同学担任大厨，给我们烧可口的饭菜。由于从事体力劳动，每顿饭都吃得特别香。偶尔改善伙食，张老师会派我与食堂同学去泗泾采购黄鳝，那天开饭一定是大家最“乌拉”的日子。

不言而喻，政治活动有余，文化学习不足，是我中学生活的特征。三年多的时光一晃就过去了，马上面临毕业分配。我的祖父方汝成因患肝癌不治，于 1972 年 11 月 2 日逝世。祖父经历晚清、民国、新中国时期，在我心中的形象始终是睿智、儒雅、宽厚、仁义。他的高尚品格已经融化在我的血液里。临终时，我守候在他老人家身边。祖父含辛茹苦地疼爱养育我到 17 岁，可是他老人家没有用过我劳动得来的一分钱，这常使我锥心刺骨。来参加德高望重的祖父的追悼会的仅三十多位至亲好友，我聊以自慰的是，（15）班的 4 个男同学也参加了追悼会并敬献花圈，他们是朱兆勤、史保民、崔正明和陶创天。对此我将永志不忘。

父亲方五康已经在西北支援内地建设长达 20 年，姐姐方协伦在黑龙江富锦县军垦农场。在祖父逝世两个多星期后，我接到学校发的工作分配通知：12 月 6 日到上海化工土建队报到。妈妈不明白土建队是什么单位，她的同事告诉她，就是造房子。祖父病危时，我曾被通知参加北京西路医院参军体检，结果合格，但没有下文。佩戴红领章曾是我这个热血青年的梦想。被分配好工作，我的愿望是有过的，有好同学劝我找找张根生老师，但是我坚持没向张老师提出照顾要求，事后毅然按照通知准时报到。都说“性格决定命运”，这就是我的性格。从此踏上茫茫天涯路，“敢问路在何方，路在脚下……”

小学五年级

1966年我在上海黄浦区读小学五年级，“文革”突发，暂时辍学。复课后从六十二中学毕业，1972年12月被统一分配到上海化工土建队，到工地后拜严福官为师傅，学做泥水匠。学习方面，改革开放后鄙人边上班边读书，求学生涯的路途不可谓不漫长、不艰辛。虽然通过学习，我接连取得了业余初中、高中、大专、本科文凭，还获得MBA、CLOB、IPMP及职业经理人等文凭、资格证书，但这些均非全日制学校所颁发。我这样的人，俗称“五大生”。从严格意义上界定我的学历，应该是小学五年级。

一代大哲熊十力先生讲过:“我们所志何学，我们又何曾志学，我们从小都是失学之人。”另一位中国著名的书法大师启功先生，也曾经自嘲自己为“副教授初中生”。我的“小学五年级”提法，似乎与大师的说法有异曲同工之妙，但吾辈又怎敢跟这些大师相提并论呢？

2007年12月，我报名参加复旦大学哲学学院人文智慧课堂。开学后有一次上课，班长提议班里每个同学都要作自我介绍，名曰“一招鲜”。该活动我是赞成的，但是活动名称似有不妥。为什么呢？因为从事物的本来面目分析，同学们确实都称得上是各路精英，几乎个个了得，都具备某种技能或者本领。但是这并不等于每个人都具备“一招鲜吃遍天”[①]。面对如此“伪命题”，碍于面子，大部分同学只能从命。结果，介绍内容五花八门，有

---

① 这可能有例外，奥运会的水立方工程的总设计师赵小均就在我们班里。

炒股票、炒房地产的，有保险公司高管、垄断企业大领导、任职国内外投资机构的，有工程承包商、在生产稀贵金属的私人公司任要职的等。

轮到我发言，我先用了几句蹩脚的宁波口音英语作为开场白，接着坦白自己并没有吃遍天的“一招鲜”。介绍自己的特点是：“学习一般但早到，口袋无钱人清高，面孔严肃心柔软。”还凑了几句打油诗：“从最低层打拼起，到有些许成绩，却已疲惫不堪。终于寻找到一个港湾——复旦人文智慧课堂。待从头，扬起你的风帆，驶向大洋的彼岸。”话音刚落，赢得大家掌声一片。接着引用了一段国外箴言：“大学像一汪清泉，有的人到此畅饮一番，有的人到此喝上几口，不幸的是大多数人来到这里只是漱了漱口。”最后表示我已届知天命之年，再来读点书与升官发财已无太大的关系。倘若能沐浴在复旦校训“博学而笃志，切问而近思”的光华下，即使担当不起“守护思想，引领时代”的重任，然而能靠近“融会贯通，阅尽人生”的目标，此生足矣。发言刚刚结束，班上就有一个女同学发问：“请问方先生是什么文化程度？”我脱口而出：“小学五年级。”竟引得满堂大笑。

岂知笑声的背后是辛酸。倘若“文革”没有发生，我的学业能继续下去的话，毕业后纵然考不上清华、北大，读个复旦、交大还是十分有可能的。因为我小学时各门功课都不错，几乎门门都是 100 分或优秀，并担任少先队中队长。

众所周知，世界首富比尔·盖茨先生的学历不过是大学肄业，近闻一代旗手鲁迅先生在日本留学时的考试成绩也不是怎么好。我举这些例子，并非是要说明成绩不重要，而是要说明高学历不是判定人才的唯一标准，更重要的是看你有多少真才实学，你为人民、为社会做了多少有意义的事情。

我以为，我们人文智慧班的同学，尽管在年龄、性别、职业乃至信仰等方面各不相同，但有一点几乎是相同的，即事业上的勇猛精进和学习上的不懈努力。我发觉不少同学还愉快地成为了王德峰、刘统、曹锦清等教授的粉丝[①]。

求知问道，一生梦想。中国的圣人孔子曾经悲壮地说“朝闻道，夕死可矣”。周总理生前也号召大家要“活到老，学到老”。伟大的德国哲学家尼采更在解释生命的秘密时写道：“我们必须不断地超越自己。真的，你称它为创造的意志，或是向目的、向高处、向远方、向多面的冲击。”[②]

---

① 三位都是网上能够查得到的著作等身的大牌教授，而且特别有人格魅力。

② 陈鼓应：《尼采新论》，第 15 页。

的　哥

“的哥”乃出租汽车司机的昵称也，在上海一地大约有10万名人员在从事这份职业，每人每月的收入大约是七八千元人民币。司机主要与汽车、道路和人打交道。

上海近现代的交通工具，先有黄包车、三轮车等，后有汽车。1919年民族实业家周祥生创办了强生出租汽车公司的前身，开始时购买的是美国雪佛兰牌轿车。待到上世纪30年代抗日战争爆发，周先生把出租汽车公司的电话号码改为“40000”，响亮地提出了“四万万同胞，请打四万号电话，中国人坐中国车”的口号。解放以后，强生出租汽车公司被国家改造成公私合营公司。有一段时间，上海重点发展公共交通工具。改革开放以后，出租汽车行业发展比较快，服务车型从夏利、桑塔纳、桑塔纳2000到帕萨特等车型，不断更新。如今，大约有6万辆各式各样的出租汽车行驶在上海的大街小巷。有次我坐“的妹”开的夏利出租汽车，那真是一种享受，红的车身外壳，雪白的坐套，一尘不染，她的驾驶技术也非常娴熟。我简直不能相信这辆车已开了40多万公里。

过去从市中心的国际饭店开车到徐家汇，已经算很远的路，我9岁时，跟着祖父坐出租汽车到徐家汇外头一点的工厂拿公司定息，车钱要十几块钱，那是一个很大的数字。今天回想，当时祖父可能是为了体面，才坐了出租汽车。随着城市的发展，内环线、中环线、外环线、沪宁高速、沪杭高速等公路先后通车。我曾经接触过一个“的哥”，他有次为公司送投标书，从上海沿着京沪高速公路到北京，1000多公里当天到达。古代有“朝辞白帝彩云间，千里江陵一日还”，今天有“朝辞上海浦江边，千里京城一日至”。据说那份标书还中了标，你说那个司机神不神？一般来讲，1000多公里的路，无论如何要两个人合作驾驶才比较安全、合理。

假如一个出租汽车司机每天做七八百元的生意，平均每单收入20元，他每天将要与35个以上的人打交道。职业要求他会交际，进而变成“外交高手”。久而久之，“的哥”们上至天文地理，下至鸡毛蒜皮，无所不知，无所不晓。传说有北京“的哥”对中南海的事情“了如指掌”，娓娓道来，仿佛刚刚参加完中央政治局的会议。奥运会在北京召开之前，“的哥”们买来磁带学习英文。不过，老“的哥”们都上岁数了，经不起反复倒腾，实际效果似乎不佳。

1976年，美国拍了一部电影叫《出租车司机》，描写一位从越南战场上归来的老兵特拉维斯在纽约当了一名出租汽车司机，目睹了城市的肮脏和人们的罪恶。为了摆脱自己灵魂的空虚，他先刺杀总统候选人未果，又去拯救雏妓成功[①]。如果说电影成功揭示了美国当年正处在尴尬和迷惘的时期，那么电影所蕴涵的现实意义已超出美国的范围。现在别的发展快速的国家，正在经历着类似美国当年的特殊时期。我认为，出租汽车司机作为社会的特殊群体，对社会的了解一般是高于普通大众的。电影中蕴涵的深刻思想，则有待于大家继续探索。

“的哥”们总是单兵作战，单打独斗。等待生意的时候，他们是焦虑的；接到生意的时候，他们是兴奋的。然而在深更半夜，

---

①美国总统里根曾遭暗杀，据说凶手暗杀里根的动机，竟然就是为了吸引《出租车司机》中扮演雏妓的女演员朱迪·福斯特的注意。

当别人都已进入梦乡的时候，他们是孤独的。“的哥”常常受到肠胃炎、关节炎等多种疾病的困扰，有时还要遭遇突发的交通事故和抢劫的威胁，个别的还会遭受猝死的不幸。如何减轻他们的职业风险，是有关部门的责任。

现在出租车行业又出现“新常态”，神州专车、滴滴打车等大批新生力量进入出租车行业，引发了一些新问题。

每一个灵魂都是一个世界，而可爱的灵魂都是倔强的孤独者。愿孤独者保重，一路安全，一路走好。

约翰·肯尼迪

我在上海黄浦区读小学的时候，1963 年 11 月 23 日晚上，我睡觉前在妈妈的大床的另一侧看报，记得是《解放日报》的第4版，大约有三分之一的版面刊登“美国总统肯尼迪在达拉斯坐在汽车上遭到狙击手枪击而身亡”的消息，还配有照片。我当时 8 岁。

约翰·肯尼迪出身名门，是哈佛大学优秀毕业生、参加过二战的战斗英雄，民主党人，1961 年以微弱多数击败共和党候选人尼克松，43 岁时出任美国第35任总统。肯尼迪在就职演说中说道：“我们今天庆祝的不是一次政党的胜利，而是一次自由的庆典。它象征着结束，象征着开始；意味着更新，也意味着变革……”接下来发生的事情，正如肯尼迪所说的一样。古巴导弹危机中，他的强硬逼退了苏联。他发动越南战争，他支持民权运动，他致力于提高妇女地位和帮助穷人生活等。总之，肯尼迪被人称为“充满激情和梦幻色彩的自由主义者”。至于达拉斯枪击案本身，水深得很，随着嫌疑人奥斯瓦尔德的被杀，到底谁是幕后主使？至今，刺杀真相仍然扑朔迷离。

肯尼迪是多面性的人物，也有七情六欲。人们认为他是花花公子，他与性感明星玛丽莲·梦露有绯闻，还与其他女人有染，在当时的美国不足为奇。肯尼迪的励志之处在于：“在希望中欢乐，在患难中忍耐。”他实际上患有多种疾病，是依靠镇定剂来维持生命的活力。在媒体面前，他始终保持站得笔直、神采奕奕的样子，但事实上，他一离开大众的注目，总是需要靠着桌子或墙壁，脸部常常因为疼痛而突然变得惨白，但他依旧谈笑风生。

他的双手常插在裤兜里，实际上这是为了掩盖艾迪森氏症带来的不停颤抖。肯尼迪正是以这样伤痕累累的病体，激发了成千上万美国人对未来的美好憧憬。他身上焕发出的无比活力和青春光芒，使他成为 20 世纪中期美国新形象的象征。

美国阿林顿国家公墓墓志铭

达拉斯的枪声，结束了肯尼迪的生命。1997 年 9 月我到美国访问，在华盛顿特区，我们代表团顺道参观了阿林顿国家公墓。在肯尼迪的墓碑上雕刻着一行字：“不要问你们的祖国为你们做了些什么，而要问你们能为祖国做些什么。”这时我才发现这个美国总统的不同凡响之处：他在强调国家利益至上的同时，又显示了宽广的气度和胸怀。其实在这段话后面还有一段话，也很精彩，那就是“不要问美国愿为你们做些什么，而应问我们在一起能为人类的自由做些什么……”

顾长声

顾长声（2013 年）

老先生走了，走得很平静。顾长声在美国马萨诸塞州的波士顿郊外 Cape Cod Hyannis 康复院住了一个星期后，于 2015 年 6 月 30 日（美国当地时间）逝世，享年 95 岁。

顾长声是我的伯伯。伯伯病危时，我与他女儿明明表姐保持着密切联系。她告诉我："爸爸去世时，身边亲人仅有我和外孙陶丰两人。弥留之际的爸爸十分从容，倒是边上照看的亲友显得有点焦虑。最后辞世时，在场的亲友都非常伤心和难过。教会派来的牧师为爸爸诵读了大段《圣经》的经文，祈祷他的灵魂终于摆脱尘世间的苦难，去往极乐天国。"

明明表姐还告诉我："不久，爸爸的追思会在奥尔良联合教会教堂隆重举行。追思会来了许多人，不少人是从遥远的地方赶来的。我为爸爸亲手做的花圈，放在会场周围。几位爸爸的好朋友先后作了发言，会上充满对爸爸的美好回忆，怀念这位故去的老友。"或许因为伯伯顾长声去美国已经二十多年，所以有关他去世的消息在中国并没有引起什么动静、反响。

其实伯伯顾长声无论在美国还是中国，都是一个有名的学者。他是江苏省江阴县香山村人，穷苦人家出身，北京大学肄业，曾担任中国科学院上海历史研究所、上海社会科学院历史研究所研究员，华东师范大学历史系教授，中国近代史研究室研究员，美国耶鲁大学历史系访问学者，美国西世界大学客座教授等职。他出版的著作有《传教士与近代中国》《容闳——向西方学习的先驱》《从马礼逊到司徒雷登》《马礼逊评传》等。因为伯伯出身比较苦，表面上文质彬彬，实际上性格倔强。他从一个北大肄业生成长为教授、研究员、访问学者、美国大学客座教授，基本上是靠努力自学才取得成功的。他那本《传教士与近代中国》最出名，这本书在 1986 年 9 月获得过中共上海市委宣传部、上海市哲学社会科学评奖委员会给予的上海市 1979 年 — 1985 年哲学社会科学著作奖，这个奖含金量不低。

“文革”期间，伯伯因为参加过“三青团”、替国民党将军李弥做过翻译，以及在教会工作等原因，家被抄，还被烧掉了许多书籍。接着他被关进“牛棚”审查三年，放出来后在上海冶炼厂劳动改造七年。

记得那时伯伯到我们家，穿着浅灰色的中山装，祖父总是好酒好菜热情招待。有时他来得突然，祖父会叫我快去打斤绍兴加饭酒、到杜六房买些熟菜来，我也乐意陪在桌边听祖父和伯伯说话。从“牛棚”审查出来后，原来达观、经常哈哈大笑的伯伯，一下子变得矜持、收敛，话少了许多，声音也低了。1972 年 11 月 2 日下午，我祖父方汝成不幸患肝癌，治疗无效去世，数日后在龙华火葬场举行大殓，参加追悼会的有亲朋好友约三十人。我们家请对面漕溪公园的照相师拍一张合影照，祖父遗体躺在中间，亲属二十六人排在遗体的后面。伯伯曾关照我爸爸，照片不要寄往海外，因为照片里有他的形象，他怕惹出麻烦。在当时的“极左”形势下，你看伯伯是多么谨慎、小心。

我的嬷嬷方乐颜是伯伯的妻子，她是上海纺织机械厂职工子弟小学的教师。嬷嬷为人非常厚道、和蔼，她腿虽有残疾，但在子弟学校里是受人尊敬的方老师。大表姐真真跟我姐姐协伦年龄一般大，活泼可爱，还是少先队的大队长呢。小表姐明明耳朵听力稍差，然而特别聪明、能干。她们家还有伯伯的母亲，我们叫她好婆，见面时她总是很客气、乐呵呵的。明明表姐很久以后才告诉我，伯伯原来在家时往往喉咙较响，有点大男子主义，家里大多数事情都由他说了算。可能伯伯的心情好坏跟工作顺利与否有点关系。

大约在 1983 年，我刚刚结婚成家，嬷嬷方乐颜给我 40 元人民币，这在当时算很大的数目。嬷嬷要求我“滚雪球”，让钱增值。

我的嬷嬷之前身体蛮好的，不知道为什么突然生了病，据说得了帕金森症。伯伯把嬷嬷送到江阴老家，也是真真姐姐投亲插队的乡下。我的妈妈跟二嬷嬷急呀，特意赶到杨浦区延吉路，要求伯伯不要把嬷嬷送到江阴去，因为上海的医疗条件更好，结果伯伯还是送去了。事实上，嬷嬷的病在江阴发展得越来越重，给的生活费却被大表姐的丈夫拿去买香烟老酒。眼看嬷嬷的毛病不见好转，最后还是明明姐姐去江阴乡下把嬷嬷背了回来。1983 年 11 月，嬷嬷病危，我从闵行吴泾地区跨越整个上海赶到延吉路嬷嬷家里时，她差不多已经奄奄一息。没过几天，嬷嬷不幸病故了，伯伯也没与娘家人（我父亲等）商量，就把嬷嬷的遗体作为标本捐献给了长海医院。深更半夜，医学院派车来接嬷嬷的遗体，两个表姐哭天喊地，可又有什么用？对于这件事情，我也一直有想法。虽然伯伯事后在新雅饭店办了两桌酒席，表示一下，但是我拒绝参加。

1989 年初，伯伯去美国前来我家辞行，我和姐姐送他到江阴路黄陂北路口。姐姐请伯伯到美国后帮我外甥女莹莹带本英文书，伯伯眼珠子一弹:“中文没有学好,学啥额英文?”1989年2月2日，美国的乔治·布什总统在华盛顿举行祈祷早餐会，特别邀请伯伯和上海一个报界名人前去参加。关于那一次参会经历，伯伯颇为得意，以后常常挂在嘴边。

但对身边的亲人，伯伯缺少应有的关照。明明表姐最近告诉我，17年前来美国的头天晚上，伯伯明确告诉她：3年考驾照，5年考公民。说完,转身就离开了。或许是感受到伯伯的冷淡和嫌弃，表姐一星期后就搬出了伯伯家，自己另寻住处。第一个住处，晚上老鼠乱窜，把表姐吓得不行。第二个住处，房东刁难，不准表姐烧饭。第三个住处，是个美国中学教师家里的地下室，倒蛮好，这样一租就是七年。明明表姐多是靠自己的辛苦工作，最后等外甥陶丰来美国后，才重新另租了两间房。后来，明明表姐靠贷款才买了现在的房子，伯伯人生的最后时光就是在那栋新买的房子里度过的，祖孙三代在一起共同相处了三年。明明姐姐和外甥陶丰的看护很难说尽善尽美，但是他们在外面工作很辛苦，回来还要照顾伯伯，我想伯伯应该知足了。

2013年我到波士顿的Cape Cod Hyannis探亲，伯伯非常高兴，送我《传教士与近代中国》的书，还得意地说，序言是华东师范大学的历史泰斗陈旭麓写的。他在扉页题词:“赠给毅丰贤侄赐教，作者顾长声谨赠。2013年10月7日于美国波士顿。”伯伯客气，他一个大教授，我怎么敢指教他?

在明明表姐家里一周，我和伯伯就国际国内、天南地北，聊得很开心。伯伯因为年事已高，对国内的情况知之甚少，主要是听我讲，不时发出会意的笑声。

那次去美国，伯伯跟我讲得最多的一句话是：“Honesty is

best policy（诚实是最佳的决策），无论是个人还是国家，都要讲诚实。”我印象深刻。为了感恩嬷嬷方乐颜当年对我的帮助，我赠送明明表姐 500 美元。他们生活不容易，以此表表我的心意。那年伯伯已经 94 岁，他戏言小时候江阴老和尚给他算过命，“长声”是“长生”的谐音，自己活到 100 岁没问题。我说好，等你过 100 岁生日，我带孙女来给您祝寿，开个大大的 Party（派对）。伯伯听了哈哈大笑，笑得像个小孩子一样。

2016 年 7 月 11 日，“文汇讲堂”开讲《全球化视野下的百年上海》，主要讲解的是上海租界。主讲嘉宾熊月之是上海社会科学院研究员、上海历史学会会长。课后我向熊老师请教，才知道伯伯顾长声竟是他的英文教师，他还到延吉路伯伯家里补习过英文呢。世界真是太小了！我告诉熊老师顾长声伯伯已过世的消息，他方才知道，并对我表示亲切的慰问。

伯伯的骨灰被安葬在奥尔良联合教会教堂后院的花坛里。我私下里猜度伯伯的生前愿望，百年以后可能是想“叶落归根”，回到生他养他的江阴故土，只是最后他没能归根……

砖

砖是建筑用的人造小型块材，分烧结砖（黏土砖）和非烧结砖（灰砂砖、粉煤灰砖）。砖的一般规格为240×115×53毫米（九五砖）。现在黏土砖在城市里的使用已经受到限制，有的农村地区还在继续使用。城市提倡用轻质砖、空心砖、石膏板、大块砖等。平常大家说“秦砖汉瓦”，实际上在春秋战国时期就已经创制了方形和长形的砖，我在临潼和其他博物馆都见过相应的实物。我国古长城的城墙就是用砖头砌筑成的。据说通过卫星看地球上的建筑物，仅能看到中国的长城和荷兰的海堤。长城早已成为伟大的中华民族的象征，在这点上砖头功不可没。

砖头的风格是朴实无华，中规中矩，沉默无言。砖头不像大理石那般华丽，也不像木头那般柔顺，更不像钢筋那般坚强。砖头始终是无言，你把它安在哪它就在哪，不管是做基础还是做墙体，它们都能忠实地完成使命：被砌筑成长城，经历数千年的风吹雨打，坚守岗位，抵御外敌；被农民搬下山来砌筑成猪圈，也不嫌低贱恶臭，甘愿给猪遮风避雨。2010年我和朋友妙春共同登上八达岭长城，我还借环卫工人的扫帚清扫过长城呢。

旁人看我戴着眼镜、文质彬彬的模样，其实我本是个“大老粗”。有段时间，我的左右手手掌上满是老茧。1972年12月6日，我到上海化工土建队报到，被分配至第三施工队。队里安排我当泥工（泥水匠），每月工资16元8角1分，外加洗理费、交通补贴等。我随即由三队生活员何永年带至上海树脂厂工地，见到我师傅严福官。别的泥工还有周其君、茹云清，辅助工黄金山、费思兰、李桂珍，材料员孙新生等。正是这段经历使我对砖头别有

与化建公司职工在一起（前排左二为作者）

一番特殊的感情。八五砖、九五砖拿到我手掌里能转，到今天都能。一进单位就拜师傅。当然不是旧社会那种“拜”，我只是提着烟酒到师傅家拜访。师傅姓严，南汇新港人，为人憨厚、老实，技术很好。不久，跟着师傅到染化二厂砌筑烟囱。烟囱有35米高，先挖烟囱基础，挖机司机是苗国才，我们配合他。挖到标高，做素混凝土垫层，然后绑扎基础钢筋，再按设计要求浇捣混凝土。基础出地面后回填土，然后就是砌筑烟囱墙体。因为烟囱是圆的，砖头砌上去外宽里窄，所以砖头要斩去小部分。一天活干下来，手发麻。天天斩砖头，泥刀斩坏好几把，师弟姚福林的泥刀也被斩坏了。后来师傅让我参加砌烟囱，那可是技术级别比较高的师傅才能够做的工作。砌烟囱用25斤的大线锤，用钢丝吊下来，线锤的圆心对准烟囱基础底板上预留的一个中心点，然后砌筑1米多点就放上圆轨托板校正一番。到10米、15米等处要停下来，浇捣钢筋混凝土圈梁。到烟囱顶上，砖头砌筑往外挑，作为压顶，烟囱顶部还要安装避雷针等。师傅一直很关照我。我做徒弟不到2年，师傅得肝炎请病假回家休息后，我就开始独立操作了。

个人必须配备的工具有：泥刀、铁板、抄板、线锤（控制墙体垂直的工具）、圆铁板，还有阴、阳三角铁板等。这些都放在工具箱里。皮数杆、百格网（测试砖与砂浆的粘结度的工具）、托尺、刮尺等，均由班组配备。泥工专业工种分砌墙和粉刷。砌墙分为砌长墙、窗脚头、大头角、大方脚、清水墙、烟囱等。粉刷又分为贴墙砖、马赛克、汰石子、磨石子、门套、窗套等。我们单位的泥工是推行混合工种的，因此我做泥工，除了砌墙和粉刷，还要扎钢筋、捣混凝土、配模板等。钢筋钩子、弯钢筋的执手也要准备，还要学会使用振动机等。有次夜班浇捣混凝土，在后台累得睡倒在石子堆上。搬运 50 公斤重的水泥，一天要搬几百包，搬得手指甲都疼，胳膊都抬不起来，当时我的体重也就 50 公斤。建筑工作还有危险性，晚一点回家母亲就担心，会站在弄堂口等我。就在这样艰苦的条件下，我在进单位一年多后就加入了共产党组织。传统上以为做建筑工人必定会沾染烟、酒等习惯，事实上是由于工作劳累，大多数建筑工人都喜欢抽烟、喝酒。但我干了 8 年泥工，仍与烟、酒无缘，有空却会与其他青年在脚手架上谈论“读书、技术诀窍、社会百相”等。被借调科室做清查工作后，返回原工人岗位，“收骨头”（即重新适应）花了 2 周时间。在我正式填写中组部干部履历表，担任团总支书记后，仍坚持参加每周四的干部劳动。总结 8 年的工人经验，要做好本职工作，必须掌握图纸、材料、工器具等方面的知识，务必坚持“工完料尽场地清”原则。

严师傅在 2007 年初的大雪天病故。他去世前两天，我特意带着一盒昂贵的野山参赶赴南江郊区的他家看望。师傅躺在床上，已经不能进食。我给他喂水，他握着我的手，先是微笑，接着老泪纵横。看得出，他是很在意我这个时候去的，并明白自己时间不多了……

平时我喜欢讲“抛砖引玉”这句话，不是因为谦虚或者“黄金有价玉无价”。玉是昂贵、高档的稀缺品，但砖在我看来更加真实，更加可靠，不能忘却，充满真实的感情。

逆　境

人的一生中，不可能任何事情都是一帆风顺、春风得意。人总会在身体、感情、事业、待遇、家庭等各方面碰到困难或障碍。每当遇到困难或障碍无法克服时，人就会产生一种不愉快的情感，有时甚至会感到痛不欲生。这种情形，便是逆境。用心理学术语来准确地表达，逆境是指："个体所从事目的活动受到主客观因素的阻碍干扰，以致使预期的动机和目的不能实现、需要不能得到满足时，而产生的情绪状态。"可见逆境也是人的一种心理现象，而且是人类个体普遍存在的心理现象。这种心理现象是以负面情绪为主要特征的。所谓负面情绪，至少包括失望、痛苦、紧张、焦虑、悲伤、抑郁、恐惧、愤怒等，而非单一的情绪。

同样遇到逆境，每个人的表现却是不一样的。"敌军围困万千重，我自岿然不动"，这是毛泽东对待困难的态度。日本的父母冬天让小孩穿得少，就是要冻他（她），来进行逆境锻炼。古往今来，多少文人骚客、猛将武夫身处逆境，"宁为玉碎，不为瓦全"，最后彪炳千秋。那些在逆境中丧失气节、屈膝投降的，则遗臭万年。墨菲定律："如果有一件事情有可能弄糟，它总会发生。"人倒霉的时候，喝凉水也会塞牙。其实你越担心做不好，就越可能做不好。与其忧心忡忡，不如愉快地接受，无论自己有什么优缺点都爽快地接受。碰到困难心里不舒服，是人之常情。用积极、坦然的态度去面对任何错综复杂的问题，实为上策。佛教说"境由心造"，西方人讲"头脑说了算"。对自己越简单的人，总能快乐地过好每一天。苏轼在《留侯论》中写道："天下有大

勇者，卒然临之而不惊，无故加之而不怒。此其所挟持者甚大，而其志甚远也。”那种人真是神奇。可是有的人碰到一些小困难或者小挫折，像迷了路、掉了钥匙之类，就慌了手脚，饮食起居不安，甚至惶惶不可终日，有的人竟然还生起了病。

孟子云：“天将降大任于斯人也，必先苦其心志，劳其筋骨，饿其体肤，空乏其身，行拂乱其所为……”我十多岁读到孟子的话时，很受震撼。17 岁从中学毕业，被分配到建筑队，泥工一干就是 8 年，对于我一个从小家庭生活比较优裕，又是小学、中学班长的人，是否算一种逆境？做干部后竞选公司工会主席，结果一波三折，还闹到局工会；到积怨甚深的公司，无意中被卷入事端；眼看要到手的近 3 亿元的大标，因一念之差，失之交臂……当我处于逆境时，总告诫自己：人生有起伏，顺利时要谨慎，不顺利时要小心；胜利往往来自再坚持一下的努力。

我的人生逆境历练，不如我的老领导张女士。“文革”末期，她才 19 岁，因为看了苏联一本描写地下党斗争的书《没有号码的房间》，被认为“传播黄色小说”，遭到大批判，在大字报上名字被打大叉。如今她已作为成功人士退休，谈起此事，笑哈哈的。更不如我职业经理人班的同学王先生。他原本是国有企业老总，因为在一次会议上失言，就有部下乘机捣乱，结果莫名被上级“撸掉”总经理职务，每月给他发 503 元工资（低于最低工资标准）。这个“撸掉”有什么理由呢？单位给他的离任审计报告披露：1. 公司办公室电脑没有编号；2. 7000 元人民币备用金借与 6 名正式职工，两年未还账，存在坏账的可能。真是欲加之罪，何患无辞！当时他很气愤，他老婆更加气愤，一定要向上告状。但是我的朋友坚决不低头，同时坚决不让老婆向上级告状或者将此事诉讼到法院。我心里猜度，他不服软，恐怕是因为记着“君子报仇，十年不晚”的古训。中年男人碰到的危机——大病、失业、丧妻等，他遇到其中之一。倘若他挺不住，扼不住命运的喉咙，那只能回家吃老米饭、打牌、下棋，酒喝到酩酊大醉，直到有一天穷困潦倒……他家附近有块大绿地，他没事就骑自行车去那里转转，老婆竟然担心他会投湖自尽！虽然落了难，毕竟他平时为人不错，不少朋友没有离他而去，有打电话问候的，有帮他介绍工作的。他阿姐有菩萨心肠，心里真为他着急，鼓励他“是金子总会发光的”。果然，经过其他朋友介绍，他到别的公司管项目，工资6000多元一个月。项目在郊区，他每天凌晨5时30分前起床（以前他是每天小汽车专门接送的）。现在上下班，他要坐40站以上的公交汽车，光坐车时间就要4个多小时。如果住在工地上，有时晚上11点30分还要爬脚手架去验收“隐蔽工程”，好在他懂行。我跟他开玩笑：“你也体会体会老百姓的疾苦。”他回答我：“李卜克内西讲过：老鹰有时比鸡飞得低，但鸡永远飞不到鹰那么高。李白写的诗中说：天生我材必有用，千金散尽还复来。俗话说：此地不留爷，自有留爷处……”坦荡荡的君子胸怀，好一条汉子！冥冥之中，似乎总有神明在关照着我的同学。有同事预言，他这次倒下，起码3年翻不了身。可是他偏偏站直了，没趴下。老天有眼，退工单开出当天，经真心朋友介绍帮忙，他实际上又到另一家公司去做老总了。我佩服王先生，是个男人，好样的！

李宗盛1993年创作了一首流行歌曲《真心英雄》，歌词写道：“把握生命里的每一分钟，全力以赴我们心中的梦。不经历风雨，怎么见彩虹？没有人能随随便便成功……”张女士和王先生的经历给我的最大启示是：在战略上藐视困难，才能越挫越勇；在战术上重视困难，才能成功突出重围。保持顽强毅力和坚定意志，才能激发出人更多的潜质并战胜逆境。周总理曾经对处于逆境的

耿飙说：你要打不倒，赶不走，整不死。人内心坚强，才是真正的强大；能忍能下人即豪杰。周总理的话非常正确，他是伟大的中共领袖，同时也是人中豪杰。

丽文姆妈

方开颜大姑妈（前左）、丽文姆妈（前右）、明明表姐（中）（1968 年）

丽文姆妈是浙江绍兴人，圆圆的脸，白皙的皮肤，大约从 1958 年到 1969 年在我家做保姆。丽文是她大女儿，我们从小都习惯称她为“丽文姆妈”。丽文姆妈是地主家的媳妇，年轻时生活条件不错。1955 年她跟丈夫去参加鹰厦铁路建设，不久因故返回上海。政府要求他们全家回到老家，丽文姆妈坚决不肯，带着 3 个女儿和公公留了下来，住在我家门对面 78 号的后厢房（10 多个平方米）。此时，她公公已无正当职业，睡觉的地方仅放得下一张床。有时无聊，他就到食品商店门口坐坐。全家的生活来源主要靠丽文姆妈，她当然十分辛苦。她的男人返乡后，即被戴上“右派分子”帽子，不久在改造中抑郁而死。坦白讲，我对丽文姆妈的男人没有一丁点印象。

丽文姆妈帮我家买、汏、烧，每月的工钱是 10 元。10 元钱当时仅够一个人每月的基本生活，所以丽文姆妈还帮另一户人家

做家务。3个女儿放学了，也帮她糊纸袋等。当年到小菜场买肉、鱼、蔬菜，每个摊位都要排队。与她一起买菜的舒阿婆排上半夜，第一、二位；丽文姆妈排下半夜，第三、四位。一块砖或一只篮子，代表一个位子。每年不管刮风下雨、春夏秋冬，就光买菜，十几年如一日，也不容易啊！舒阿婆年近九十岁，还住在同大新南货店隔壁弄堂里，前几年去世了。当时也没有洗衣机，全是手工洗，打肥皂，然后搓、洗干净；洗被单的话，还要两个人拉起来拧干，然后挂到晒台上吹干。我们家里七八个人的衣服，都由丽文姆妈一个人来洗。那时我在小学做了班干部，应该完成“力所能及的家务”，于是主动提出洗自己的衣服，星期天在后弄堂搭起一块洗衣木板，就像模像样地洗刷起来。我听到邻居们的夸奖，心里美滋滋的。可是丽文姆妈却不同，她除了洗我家的衣服，还有别人家的，自然还有自己家的，家务劳动的工作量委实很大。她的手一到冬天就会生冻疮，手指肿得像胡萝卜似的，即使这样还不能休息，因为要养家糊口，因为生活所迫。

丽文姆妈过去在我家炒过的菜肴有烤菜、红烧带鱼、糖醋沙鱼、火腿蒸鳗鱼，春天烧油焖笋、腌笃鲜等，至今回想起来，味道确实蛮好的。“文革”开始后，丽文姆妈因为家庭背景，自然逃不过，遭到了批斗，为此她流过许多泪。我们家则因祖父解放前曾经在四明银行当经理，被抄了3次家。这样两家差不多，就不用划清界限，所以丽文姆妈在我家的帮佣并没因“文革”而中断，而是差不多到我祖父生重病前才结束。面对尘世间的纷纷扰扰，我的祖父坦然面对，很大气。至少表面上，还能常常听到祖父的笑声。

老天是公平的，岂可人无得运时。到丽文姆妈二女儿（妮囡）进了棉纺厂、嫁了海员后，家里的经济状况渐渐好转。搬家到泥城桥后，还在西藏路上的街面房开了间杂货店。大女儿丽文做股票发了点财，家庭生活改善了。这时丽文姆妈跟别人搓麻将要“来大的，不来小的”，逢人便夸奖丽文。这段时间，想必是丽文姆妈最开心的时期之一。然而好景不长，西藏路拓宽，杂货店被动迁，丽文姆妈的家再往北面搬。可能因为家境富了，怕露富，家里人就把老人一人关在家里。少了平时的热闹，丽文姆妈变得抑郁起来，反应慢了许多，最后被丽文姐妹几个安排去养老院，和另外两个孤老合住一个房间。丽文姆妈进养老院不久便得了脑中风，去世时 85 岁。

弄堂邻居们都不太了解为基本生存而忍辱负重的丽文姆妈，竟然是大户人家出身。但是我清楚地知道，看似平凡的丽文姆妈，实际上有着不平凡的经历。

我的启蒙老师何雪琦

我的启蒙老师是何雪琦，我就读的小学全名是：上海牯岭路第二民办小学。学校不在牯岭路上，而是在南京西路靠近成都路的一条宽宽的大弄堂里，弄堂上方的匾写着“同益里”。弄堂内有座花园洋房，年代久远，1930 年前已存在，解放后改为“血液中心”。其他均为新式里弄房子。学校就跟居民区混在一起，教室是民居的客堂间，有些老师是具有一定文化知识的家庭妇女。

小学一年级时，我们班被编为（二）班，班主任陈老师瘦瘦的，家住在成都北路。二年级时的班主任是邻居李妙龄老师，住我家对面 76 号二楼客堂间，个子高高的，现仍健在，她儿子庆和大我一岁，我们是好朋友。接任李老师的何雪琦老师，教我们语文，兼任班主任，时间应该是二年级下到四年级这一段。接替何老师的是忻培兰老师，胖胖的。忻老师接任不久，发生了“文化大革命”，我们学校和学生也难逃牵连、影响。当然，这是后话。

为什么说何雪琦是我的启蒙老师，而且是我踏上社会后第一个启蒙老师呢？因为是她改变了我的人生轨迹。何老师接任班主作不久，让李工同学担任学校大队干部，让我担任班级的中队长，负责班级全部学生工作。这对于一个生在红旗下、长在新社会的少年是何等的重要，对于一个七八岁的孩子是何等光荣、骄傲的事！在中国，参加少先队被看作人生进步的第一个台阶。少先队的口号是：“时刻准备着，为共产主义事业而奋斗！”我有何德何能，穿的衣服是打补钉的，只不过言谈举止可能比较有教养，这是我家的长辈教育的结果。学习委员刘勤智、文艺委员陈育平，

两位女同学不仅自己功课优秀，做班里的工作也非常得力。体育委员是周献平，劳动委员是殷导峡。何老师的决定，使我大大提高了责任感和自信心，从此更加积极要求上进。学校分配给班级的去黄浦区少年宫乃至上海市少年宫的票子，由我来具体分配。学校组织部分同学参加南京东路食品公司楼上的溜冰活动，因为是在冬天，早晨天没有亮就要开始，何老师再三关照我要安全第一，不能出任何事故。我起得很早，和周献平同学在冬天寒风中带领其他同学，沿着南京西路走到溜冰场，在活动时注意提醒别的同学保持安全溜滑距离。该活动大概持续两个月，最后顺利完成，为何老师、为我们班争了光。以后学校组织同学去长风公园走“勇敢者的道路”等这些有一定风险的活动，何老师就大胆放手，发挥我们班干部的作用，效果不错。

何雪琦老师不因我是中队长就偏袒我。我记得非常清楚，有一次语文考试，我答题时将“教”字右边的反文旁错写成耳朵旁，何老师不留情面地扣掉分数，还在班级讲评时提出批评，这对我的教训太大了，因为我一般各门功课都是100分或者优。这次教训对于我非常深刻，以至于我有时瞎想，要是没有“文革”发生，按我小学时的学习成绩和态度，就算清华北大考不取，复旦交大也许有份。

其时党和毛主席号召全国人民学习雷锋同志，我们班也积极响应，当然我要带头咯。我和殷导峡同学一起到离家不远的新闸路桥上帮推人力板车，一次还应拉车人的请求，一直推到交通西路那边，以至于影响上课，受到何老师的批评。后来何老师了解具体原因后，摸着我的头亲切地说：“学习雷锋做好人好事是对的，思想出发点是好的，但是你们人还小，身体也要当心呀！”说得我眼泪在眼眶里打转。八九岁的年龄懂什么，朦朦胧胧的，

是何老师的“临门一脚”把我的灵魂之门开启了。比方我家里本来衣服有人洗，我想我是班干部，力所能及的家务劳动应该自己做，就提出来自己春夏秋冬的衣服都由自己洗。不仅如此，家里缝补衣服、踏缝纫机、修缝纫机、修自行车、拖地板、打扫卫生等，凡是力所能及的事情，我都积极抢着做。左邻右舍都夸奖我从小就这么能干，是个乖孩子。何老师对于我的帮助实在难能可贵，堪称我人生中的第一个启蒙老师。那个时候还不知道什么叫贵人，今天明白了，何雪琦老师就是我踏上社会后的第一个贵人。

我们（二）班无论道德、学习、体育等各个方面，均处于学校前列，这是我们全班师生共同努力的结果。我班的少先队小队长还有陈贤俊、卢慧洁、沈维英、胡国强等。班级里的同学有：鲍小瑛、梅蕾、孔微微、贺金翠、李葵馨、费文静、李玉芳、陈幼芳、任春荣、向佩君、张蓉蓉、周欣华、张国君、杨明琍、饶美英、胡和平、王安祖、罗志勇、陶创天、黄奕明、洪建亚、周斯毅、王黎明、陈昌良、戴昌宁、魏久驹、倪元霆、吕岫荣等。恕我记性不好，可能有同学的名字被遗漏，但是我心里一直惦记着所有同学。“我们每个人走着不同的路，每段故事有不同的辛苦；我们在各自的舞台上表演，每个人都有自己的精彩。”不知道小学同班同学们今天是否依然安好？“前世五百次的回眸才换来今生的擦肩而过”，更何况我们有缘在小学同窗，共同学习了五年的时间。

四年级到五年级的班主任老师是忻培兰。在此期间，“文化大革命”发生，因为我不是出身于苦大仇深的工人家庭，因此新成立的红小兵组织莫名其妙地没有我加入的份，少先队中队长的职务也莫名其妙地没有了。忻老师有事找红小兵组织负责人商量，我“靠边站”了。我想这不是忻老师对我有意见，也不是我不听

她的话，我简直连听她话的机会都没有。这实在是形势比人强，是“文化大革命”的巨大影响使然。

大哥哥、大姐姐们上北京“革命大串联”，坐火车不要钱。我们小学生去不了北京，那也要“闹革命”呀。结果我跟着红小兵坐上20路电车，大喊一声“革命无罪，造反有理”的口号，就不用买票。到中山公园，再乘67路汽车到终点站。从原路返回时，则故伎重演，上车后喊口号，不买票又坐回来。没有人管我们，就这样闹闹玩玩。一直到今天我还是没有想明白，为什么时代突变，竟然能够使得所有的人都目瞪口呆、措手不及？为什么同一个人、同一个同学在如此短的时间内，会变得那么不可思议？

转眼“文革”过去，改革开放到来。1982年我已经结婚成家，并在单位担任中层干部。我妻子与我同班，也是何老师的学生，所以我们通过李老师找到凤阳路二小，领导告诉我何老师家地址，在外滩浦江饭店旁边的新式里弄。我们一起赶到老师家送糖报喜，老师听后非常高兴，热情地祝贺我们。过了3年，我儿子出世，我因工作表现出色，得到“化工局先进工作者”暨“化工局十大优秀青年书记”称号，受到局党委在上海市政府大礼堂的大会表彰。为感谢师恩，我和爱人一起到老师家向何老师汇报。何老师的先生是设计院的高级工程师，身体欠佳，坐在藤椅上，笑眯眯地看着我们。谁知道不久之后，何老师从外滩一直找到我家，亲自送我们小孩礼物——一件时髦的腈纶背心，这使我和妻子百感交集。再过几年，我一个人去外滩黄浦路拜望何老师，家里没有人，问了邻居才知道，何老师和她先生都已经……之后跟她女儿通电话，何老师女儿转达邻居的夸奖，说何老师的这个学生真好，来了好几次。其实不是我这个学生好，是何老师待我这个学生太好，她的恩情我是永远难忘、永世难报的呀！

何老师啊，我们终将有重逢的一天。到时我再恭恭敬敬、痛痛快快、详详细细地向您汇报我方毅丰精彩而不凡的成长历程……

我的阿娘

祖母樊翠娥
（1894—1973）

上海的宁波人习惯把祖母称为“阿娘”。我阿娘樊翠娥，浙江镇海人，乃将门之后、名门之后。此事说来话长，有阿娘家的《镇海蛟川樊氏家谱》为证。

从《镇海蛟川樊氏家谱》追溯，阿娘家族的第一世祖是樊连，安徽省凤阳府临淮县移风乡人。樊连“多年为君一统天下，齐力把名扬。”1357年樊连辅助朱元璋统一南北，战功显赫，多次受到朱元璋嘉奖。1370年明太祖朱元璋特授樊连昭信校尉，为嫡长男世袭制。1371年8月，诰奉武略将军。因沿海设防，樊连被派往浙江定海（今镇海）任指挥佥事。第二世祖樊远，1389年任浙江省温州卫左，后升为羽林卫指挥佥事。1404年调浙江定海世袭指挥佥事。历征安南（今越南）、福建等地后，1415年仍回定海，守卫大明边疆。历年擒获倭船，斩倭寇首级，多次立功。自樊远起，樊氏家族迁居定海。樊氏家族第一世祖至第八世祖均为世袭将军，其中尤以第六世祖樊懋的抗倭事迹最为可歌可泣。1538年第六世祖樊懋世袭定海指挥佥事，因战功诰封明威将军。1552年6月20日，倭寇兵临城下，樊懋与守御指挥魏英登城巡守，贼乘半夜雷雨潜入城内，樊懋急督兵迎战于大涂塘上，于丑时（次日凌晨1点）力竭殉职，终年52岁。大吏以其勇敢战死上报，由明嘉靖皇帝加赠为指挥同知。以上史实，难道不令人震撼吗?

我仔细阅读《樊氏家谱》后发现，阿娘的家族从第九世祖至第十五世祖时，朝代已经由明朝改换为清朝。樊氏家族为何依然兴旺？后知道，这应归功于第九世祖樊璋。他开了家族文教之先，笃学励行儒学。他本人晚年亲自从教十余年，终身节俭，笔耕所得，购房多处。这里需要特别指出：樊璋堂弟樊昂创编《樊氏家谱》。十三世祖樊汝兴被诰封奉政大夫等，经商有成，教子有方。十四世祖樊友圣被诰封朝仪大夫等，他子女较多，自己体弱，但仍然不忘祖传家风，常以“勤俭”二字教育子女。苍天有眼，樊友圣的长子樊时勋经过自己不懈的努力奋斗，趁着洋务运动兴起，终于取得辉煌成就，蜚声大江南北，享誉沪上各界，为樊氏家族增添了新的光辉篇章。

十五世祖樊时勋，官名棻，谱名君芳，又名拜云，晚号勤稼老人。清政府授予他资政大夫等，花翎三品衔。樊时勋从乡下的棉花收购员和宁波车行职员做起，后到上海经商，逐渐显露商业才干。他辅助同乡、著名实业家“五金大王”叶澄衷开拓金融、贸易、制造业等市场，叶的事业大兴，樊也名振一时。1885 年法军侵犯沿海，当时有人诬叶暗中接济法军，樊据实为叶辩诬，受到人们敬重。樊时勋担任过叶家企业的“总管”，还为清朝重臣李鸿章、张之洞料理过采购海军物料等事务。19 世纪末，樊时勋已是上海滩五金洋货行业的头面人物。1907 年任上海商会总会董。1907 年 5 月 27 日，樊时勋与叶景葵在杭州创办了浙江兴业银行。1914 年总行迁至上海，樊时勋任总经理。为感恩、感念祖先，1911 年（宣统三年），十五世祖樊时勋将家谱重修了一遍，名《镇海蛟川樊氏家谱》，由樊君芳等撰写，现存上海图书馆“家谱部”，馆藏编号 JP768。晚年的樊时勋热心家乡公益事业，仅在宁波镇海仓基弄创办便蒙学堂，就投入了 3.4 万银元。1910 年，我祖父方汝成在便蒙学堂镇海县考试中获得第一名，受到樊时勋的极大关注和欣赏。樊时勋甚至决定，把自己孙女的终身托付给我祖父。樊时勋慧眼识贤孙女婿，我祖父方汝成一诺千金，至死未渝，这早已成为我们家族的一段传世佳话。

有人把家谱当作一堆故纸，不以为然。其实，一本家谱埋藏着一个家族的 DNA 密码，极为珍贵。今天我拜读《樊氏家谱》，谱中的人物个个栩栩如生，像樊连、樊远、樊懋等“高大上”的形象虽然远在明朝，但均富有生命力，跃然纸上。清朝的樊时勋更是成就卓著，享誉江浙沪，一直激励、鞭策着我们子孙、晚辈。

一个家族就如同一棵大树，祖先是树根，吾辈是树干，子孙是树枝及树叶。经常说的“根深才能叶茂”“叶对根的情义”等话语，无疑在昭示我们后人：其实活着的人与过世的人之间并没有远隔天涯，而是有着割裂不断的联系。正是祖祖辈辈创下的熠熠生辉、光彩照人的业绩，滋润和庇佑着子子孙孙，才使得我们晚辈在祖先这棵大树的庇护下，如此富足、荣耀。

《樊氏家谱》特别介绍：“第十七世祖樊翠娥（1894—1973），1894 年农历六月二十九日出生于浙江镇海。镇海勤稼女校小学三年级肄业。20 岁结婚，生育子女五人，夭折二人，存二女一子。知书达理，大家闺秀，恪守传统，勤俭持家，敬老爱幼，乐善好施，吃素念佛，与世无争。1973 年 10 月 8 日，因心脏病突发在上海家中去世，享年 79 岁。1974 年，樊翠娥的骨灰被安葬于宁波宝幢联合老公墓。”每年清明时节，我和家人都会去阿爷阿娘的墓地扫墓。

尽管阿娘已离开我们四十多年，但是我依然清晰地记得当年她慈祥的面容。阿娘小时候脚被裹过，我大概四五岁时吧，她到同益里幼稚院接我，颤颤悠悠地迈着小步。我刚戴上红领巾，小学放学，阿娘早早地坐在后弄堂家门口等着，手里拿着饼干，看

我在她怀里撒娇。1968 年我 13 岁，一个人从西安乘火车回上海，中途在南京下车游玩新街口，害苦了阿爷和姆妈，他们两次到北站接我都扑了空。凌晨 1 点多，我踏进家门，阿娘是我久别后见到的第一个亲人。当她从阁楼窗口探出头来问候时，我叫了一声“阿娘”，顿时泪如泉涌。1971 年我去青浦徐泾学农，阿娘怕我下水田时会被蚂蝗咬，拿出 10 元钱让我买了中帮套鞋。阿娘说的“风吹吹会长，雨淋淋会大”，一直激励我在风雨中快点长大。阿娘在我心目中有非常重要的地位，1972 年底我参加工作，拿到第一个月工资后的第一件事，就是到南京路金陵食品商店，买阿娘平时最喜欢吃的沙琪玛和苹果，阿娘笑得嘴巴合不拢。1973 年起，阿娘身体时有不适，恰巧母亲去常州出差，家里小辈当家。10 月 8 日清晨我去上班，为让阿娘多休息一歇，未向她请安。9 点多了，姐姐听阁楼上阿娘无动静，叫唤了阿娘却未应，便爬上窗口一看，阿娘已经过世，一脚跨在床沿，把姐姐吓得六神无主。还是邻居阿勇弟爬进窗口，从里面打开了阁楼门。当天，我在闸北区中山北路和田路上海染料化工二厂的工地上班，中学同学朱兆勤急匆匆地骑自行车来找我，报告我阿娘过世的噩耗，这对于我毅丰不啻五雷轰顶!

事后看到阁楼板壁上糊的纸上，有阿娘最后留下的手抓痕迹。弟弟告诉我，7 日晚上，阿娘曾请他陪，他怕，没答应。倘若那一天在天堂与我阿娘相会，我最想跟阿娘讲的就是“格天夜里厢侬心口痛，蛮好让我到阁楼来服侍侬、陪陪侬就好嘞……”

今年是阿娘樊翠娥诞辰 120 周年，谨以此文纪念。

2014 年 9 月 8 日（甲午中秋）

姐　姐

姐姐大我六岁，出生于 1949 年 10 月 5 日。当时第一届中国人民政治协商会议刚刚闭幕，我祖父便给姐姐的名字用了“协”字，再加上姐姐属“伦”字辈，于是便以“方协伦”为姓名在派出所报了户口。姐姐可是名副其实的共和国同龄人哪。

姐姐（左）、作者（中）、父亲（右）（1958 年）

姐姐从小聪明伶俐，活泼可爱。1952 年，她随父母亲去西北，父亲分配在离西安 200 公里的彬县银行工作。吃粗粮、穿土布，当地的生活习惯与大上海大相径庭，父母亲感觉有点适应困难，可当时姐姐只有 3 岁，没太多计较。祖父从上海寄来信，姐姐拿到信后大声喊：“爸爸，上海来信啦！”是个人见人爱的上海小姑娘。不久，妈妈实在不习惯彬县那里的生活，全家便从西北返回上海。

1955 年我出生，依稀记得姐姐曾对着九福里家前客堂挂的毛主席像说，弟弟你看，毛主席，毛主席！姐姐读书在南京西路第一小学（以前的静安寺路小学），美国阿咪娘娘民国时也在这里念书，学校宽敞、漂亮。姐姐功课门门优秀，唱歌跳舞样样行，是三好学生。姐姐身体虽不厚实，但在参加学校组织的游泳训练后壮实许多，她和胡琪敏、林牧英、周素琴等同学是好朋友，经常一起到新成游泳池，参加学校组织的训练。姐姐曾参加过横渡

黄浦江、横渡长江活动。她的游泳成绩越来越好，名次越来越靠前，得过上海市少年组仰泳比赛铜牌，是个运动健将。姐姐拿到上海跳水比赛的票子，我和弟妹就能“借光”，很高兴地结伴一起去复兴路跳水池观看比赛。

我和姐姐年龄相差较大，我稍大一点后有点小娇气。记得有一次姐姐的算盘坏了，要去老城隍庙修，祖父准备带我们两人一块儿去，我说姐姐去我就不去，姐姐哭了。最后祖父做姐姐的工作，叫了辆三轮车，只带我一个人到老城隍庙去，在庙前广场右侧的商店里很快修好算盘。是祖父的谦让、宽容，让我这个调皮鬼称了心。

其实我和姐姐性格都很倔，不撞南墙不回头。姐姐的倔强一点不亚于我。1969 年夏天，姐姐已被分配在上海的工矿单位，但是她决意报名去黑龙江军垦农场，全家反对，她也不听。我刚从大西北回沪，也极力劝阻她。我躺在客堂的大床上，说，姐姐你不要去黑龙江，以后外地我男孩子去，我比你行啊。可是姐姐去意已定，她的决心已经是十匹马也拉不回啦。1969 年 6 月 9 日，姐姐把户口从牯岭路派出所正式迁出。尽管姐姐热血沸腾，勇敢地跨出这一步，但她绝对想不到这走出去的一步，让她今后的人生发生了重大的不可挽回的转折。

姐姐去的黑龙江军垦农场，全称是黑龙江富锦县某某军垦农场，离开乌苏里江中苏边境只有几十公里路。那里冰天雪地，有半年不能干活，南方人很难马上适应那里的生活……外甥女孔莹莹事后给我提起：“妈妈对黑龙江的艰辛生活鲜少提及。她是个乐观大度的人，总讲些冰天雪地里围着火炉吃冻柿子的趣事……”1975 年，中国人民解放军第三届全军运动会要在北京举行，因姐姐以前有良好的游泳基础，于是在 1974 年底，她收到了

去大连老虎滩参加游泳集训的通知。这真是天大的好消息！这下既可以名正言顺地离开黑龙江军垦农场，又可以参加解放军的运动会，这是多么光荣的事情！

弟弟方建丰（左）、妹妹方正伦（中前）、姐姐方协伦（中后）、作者（右）合影于外滩（1964 年）

谁知“人算不如天算”，好景不长，她去大连集训半个月以后，就因为成绩跟不上或者名额被他人“开后门”，被退回了上海。这对姐姐可谓当头一棒，其情绪低落可想而知。但是姐姐也绝对不想再回黑龙江了。当年姐姐留在上海的同学胡琪敏，教小朋友游泳，庄泳、杨文意等奥运冠军还曾是胡琪敏的学生呢。姐姐如果留在上海，也许不会比她们差，但是世界上哪里有如果？只有结果和后果。

于是姐姐呆在上海“吃老米饭”。中国人讲，男大当婚，女大当嫁。姐姐年龄过了 25 岁，妈妈就催着姐姐找对象，姐姐理所当然推辞。妈妈千方百计托同事在湖南常德找了一个，对方积极送来芙蓉牌香烟等礼物，但姐姐不同意。后经人介绍，姐姐对浙江海宁的一个对象较满意，是上海徐汇中学毕业，跟母亲回乡下的老家。妈妈知道我人灵活，又是共产党员，派我去核实一下，我就去海宁住了一夜。对方家人对我很客气，但我回来报告妈妈，那人不太踏实。姐姐和妈妈都尊重我的意见。其实姐姐无非是想早点脱离与黑龙江军垦农场的关系，病退、结婚都只是手段。如果当年姐姐再晚些找对象，政策规定知识青年的大部分可返城，她不就顺顺利利地回上海了吗？这就是命啊。常德、海宁的对象均失败后，又经过二嬷嬷介绍，姐姐认识了后来的姐夫孔昭真。他们谈得蛮好，决定结婚，先在上海杏花楼办酒，25 元一桌酒办 8 桌；接下来我们全家赴宁海再喝一回喜酒，其乐融融。他们的女儿孔莹莹于 1979 年 2 月 1 日在上海出生。1979 年，父母因长期分居两地，父亲按政策终于从西北回沪，工作被分配在上海服装公司，全家大团圆了。接下来好事连连。1981 年底，我结婚成家。后来，弟弟建丰、妹妹卫伦也跟着先后结婚成家。

日子好过，时间就快。转眼到了 1987 年，姐姐检查身体，查出得了糖尿病，接下来对症服药，反反复复吃药、看病，凡是对于身体健康有帮助的，能想到的都想到了。后期糖尿病严重（据有关专家告诉我，患糖尿病时间超过五年，就得非常小心，注意控制病情），姐姐经常是一边吃饭，一边打胰岛素针。看着她的这般模样，我们也心疼，后来干脆叫姐姐少吃点，治病要靠管住嘴，但是姐姐忍不住，喜欢吃的东西一定要吃个痛快，所以毛病时好时坏，病情一直得不到控制。姐姐对于生活无限热爱，相夫教女。她女儿孔莹莹在上海读到小学二年级，回宁海继续读，到高中再回上海，考进洋泾中学。高考考进上海大学电讯专业。姐夫孔昭真人好，对姐姐关心、体贴。女儿学习优秀，不用多操心，姐姐平日里就根据自己的爱好忙活。姐姐心灵手巧，曾经做过一段时间裁缝，看到电视剧中流行的服饰，就自己琢磨裁剪制作。改革开放初期，各路时尚潮流兴起，服装业更是首当其冲。姐姐作为上海知青，在宁海颇有时尚感觉。她不顾劳累，到隔壁奉化县拜师学艺，一周定点学五天，周末才能回家，很辛苦。回宁海后，姐姐在镇中心的服装店工作，由于她设计制作的衣服款式新、材料好，服装店的生意很是红火。姐姐后来自己报名去老年大学学习英文，又在宁海开了家小吃店，卖粥、卖饼，赚些小钱，补贴家用。姐姐的针线活也做得很好，总之她是个聪明能干的人啊！恨老天无眼，让糖尿病魔缠住姐姐 18 年之久。

万万没想到，要命的是，姐姐的常服药品中有一种有明显的副作用，严重的会导致心脏骤停，造成猝死。不知道是医生没提醒姐姐，还是姐姐自己不注意，此药姐姐一直在服用。2005 年 3 月 1 日，姐姐从宁海来上海，此行的目的是陪父母去香港探亲，看望四嬷嬷，顺便游览香港。本来由我陪同比较合适，但我工作忙，姐姐已退休，有时间，就决定由她陪二老圆赴香港的梦。想不到，来沪第三天，姐姐就觉得身体很不舒服，于是妈妈陪她去市医药商店配药，暂时观察一下。

来沪第五天，姐姐的病情急转直下。2005 年 3 月 5 日下午 2 点多，她由 120 急救车送往华山医院，路上耽搁了一些时间。到了华山医院，姐姐几乎没有血压了。医生见状马上组织抢救。那天我参加上海市工程设备监理有限公司成立的答谢宴会，在虹桥的豪华酒店，我做东，戴局长等高朋满座。客人到齐，酒过两巡，我也喝了两杯，脸微熏。晚上 6 点 55 分，外甥女莹莹来电，说她妈妈在华山医院急诊室抢救。搁下电话，我立即通知我爱人先去华山医院。我思想斗争了一会儿，便站起身与局长“咬下耳朵”，让没喝酒的司机宋海明开车送我直奔华山医院。7 点 25 分赶到医院，妹妹卫伦等已在现场，一个男医生正在给姐姐做心肺复苏，已经半小时，效果不大。5 分钟后，抢救大夫手一放，监视屏显示姐姐的心脏跳动已成一条直线。我到现场仅 5 分多钟，姐姐方协伦就走完了一生，年仅 56 岁。我在 30 分钟前的喜庆心情一下子跌进万丈深渊。尽管事情突发，我毫无准备，但男人就要有担当，

及时应变。我将噩耗通知弟弟建丰，又到对过超市帮姐姐买替换的棉毛衫裤，让爱人等帮姐姐换上。我还特意赶回家看看我 79 岁的父亲那边有什么问题，将父亲的情绪稳住，再赶回华山医院，扶着轮床，将姐姐尚有温度的遗体推进底楼的太平间。次日，我和姐夫去派出所注销户口，去龙华殡仪馆预订接运姐姐遗体的车辆。姐夫问我用什么车型，我说最后一次了，就用好一点的红旗牌轿车吧。追悼会那天，来了许多亲戚、朋友及各单位领导、同事，共同缅怀姐姐这位英年早逝的共和国同龄人。

幸福、美誉等对于姐姐方协伦，已烟消云散，随风飘去。只是我们依然想念她，这份想念之情一点没有减少。

班 奇

有时我家会聊到狗的话题。我太太和儿子都赞成家里养条狗，我则一直持保留意见，但我在家里是少数派。在我的印象中，诸如“挂羊头卖狗肉”“阿猫阿狗”“砸烂狗头”等都属贬义，总觉得“人还没有养好，养什么狗”。2007 年初的某天中午，我从游泳馆出来，有只小黑狗好奇地尾随我，闻我的裤腿，于是我对它稍加留意了。小狗大概三个月大，一身乌黑毛，蛮可爱的模样。几天后，再遇见那小狗，东家嚷着它不听话、与猫一起玩耍，要把它扔到苏州河去云云，顿时动了恻隐之心，马上打电话征求我太太的意见：可否把小家伙带回家？太太立马答应。我本意不是贪便宜，就问了东家这只狗多少钱，然后当即按他讲的数字付款，只是顺便讨要了纸盒一只及余下的狗粮，便乘坐出租车回家了。太太见了小黑狗，忙着给它洗澡、收拾睡觉的地方。不几天，小狗便养成了良好习惯，大小便包括饮食均有了规律。对于小狗的名字，家庭成员很快达成一致，沿用儿子喜欢过的那条狐狸狗的名字——班奇。

为了全面了解班奇，我从网上查询有关狗的知识。狗本由狼进化而来，狗的种类和名称很丰富。在网上搜索到的世界各地的名犬，就有拉布拉多犬、牧羊犬、雪橇犬、贵宾犬、西施犬、京巴犬等 100 多种。据介绍，狗的听觉、嗅觉是人类的 1000 倍，狗的年龄 1 岁大约抵人类 7 岁。从班奇的体貌特征来比对，应该属于迷你型杜宾，最终体重不超过 6 公斤。它的四肢下部和尾巴内侧呈浅黄色，可能追溯到上代还有狼狗的血统，故有个别时候班奇比较凶狠，从它那两只后脚长出别的狗没有的第五爪也可以看出。班奇的鼻子很尖，耳朵总是精神地竖着，而且会转，眼睛则富于感情，好像什么事都懂，就是不会讲话。

我家门口有块大绿地，原来有部分区域地底下正在进行地铁盾构施工，它是死活不愿意走过去，但其他的狗却不介意。每天主人回家，班奇总是到门口迎接，亲热地与你打招呼，无论何时，从不间断。有时我出差几天，我太太告诉我它仍然天天在门口等我，晚上不睡觉，或者躺在我的床铺上，细细闻我的味道。主人发脾气，有时批评它，从它眼睛里就能看出要改正的意思。有次班奇不乖，我太太打了它几下，第二天带它外出郊区，它竟然掉了眼泪，以为我们准备卖掉它或将它扔掉。多么通人性的狗啊！我们按规定按时带它去宠物医院，给它注射“六联针”“七联针”，以预防狗疫病的发生。在宠物医院，我看见医生给狗看的病除头疼脑热外，还有肝硬化、白内障、脑中风等，连结扎、流产手术都做。怎么人类身上的毛病，在狗身上也都会有呢？

每天班奇的粮食费用不过 1 元钱，但是它每天会按时叫你起床，每天会在你吃饭时不断摇着小尾巴，提醒你不要忘了它，要你把它喜欢吃的肉等省几口给它。久而久之，一是逼你定时运动，二是迫你少吃几口肉，这才是养狗的真谛。

班奇的好朋友有可可、博珂、旺财、非非、哈里、松松、东东、蔓尼、恰利、拉拉等，班奇与它们相处的原则是对大狗不怕，对小狗不欺。它与公狗的关系，表面上看是喜新厌旧，实际上我觉得班

奇真正动情唯有一次，基本上以自恋为主。班奇的奔跑速度奇快，动作非常敏捷，1 米多的走廊一跃而过，不愧是猎狗。班奇的毛短且黑亮，身材矮小，腿稍长，特别机灵、聪明、精悍。9 年的相处，家庭成员（包括后来加入的媳妇小童）与班奇的感情与日俱增。

有时候我在想，为什么有些人很势利，个别人甚至会背叛。有相交 30 年的朋友，交往不浅，有一天说翻脸就翻脸，翻脸比翻书还快，我心里自然会骂“连狗都不如”。但是这样评价狗的地位，还是低的。在这里，请允许我大段引用美国一个律师发表的《向犬致敬》辩护词，其中写道：“在这个世界上，一个人的好友可能和他作对，变成敌人。他用慈爱培养起来的儿女，也可能变得不忠不孝。那些用全部幸福和名誉所追随的人，都可能会舍弃忠诚而叛逆。一个人所拥有的金钱，可能在最需要的时候插翅飞走。一个人的声誉，可能断送在考虑欠周的一瞬间。那些一贯在我们成功时屈膝奉承的人，很可能当失败的阴云笼罩在我们头上时，就是投掷第一块阴险恶毒之石的人。在这个自私的世界上，一个人唯一不自私的朋友，唯一不抛弃他的朋友，唯一不忘恩负义的朋友，就是他的犬。不管主人是贫困或富贵，健康或病弱，犬都会守在主人的身旁。只要能靠近主人，不管地面冰凉坚硬，寒风凛冽，大雪纷飞，它都会全然不顾地躺在主人身边。哪怕主人无食喂养，它仍然会舔主人的手和主人手上因抵御这个冷酷的世界而受到的创伤。纵然主人是乞丐，它也像守护王子一样伴随着他。当他所有的朋友都掉头而去，它却义无反顾。当财富消失、声誉扫地时，它对主人的爱依然如天空中运行不息的太阳一样永恒不变。倘若因命运的捉弄，它的主人变成了一个无家可归的流浪者，这只忠诚的犬也会依然陪伴主人，有难同当，对抗敌人，

此外毫无奢求。当万物共同的结局来临，死神夺去了主人的生命，尸体埋葬在寒冷的地下时，纵使所有的亲友都各奔前程，而这只高贵的犬，却会独自守卫在墓旁。它仰首于两足之间，眼睛里虽然充满悲伤，却仍机警地守护着这份感情，忠贞不渝，直到死去。”美国律师所言极是。

前两年读报闻，上海有个单身无业的中年人长期与狗相依为命，有一天狗突遇车祸死亡，中年男子就此结束自己的生命。我叹息男子的软弱。陕西的咸阳国际机场，几年前曾经迎来一位贵宾——价值 400 万元人民币的一条藏獒。狗主人据说是一位女老板，那天国际机场各色人马坐 30 辆“大奔”亲自到场接机。我鄙视当下社会的笑贫炫富。

班奇早已成为我们的家庭成员，所以我们家里可热闹了。一旦领养，终身负责，在对待黑狗班奇这方面，太太和我都意识到要起到榜样作用。虽然儿子上班，对班奇照顾很少，却常常不无妒忌地开玩笑说，“你们待它怎么比待我还要好”。上海城市规模在不断地扩大，狗的数量也在快速增加，于是关于狗的各种故事在坊间不断流传。也许班奇的故事，只是许许多多狗故事中一段很小很小的插曲。

天　籁

2009 年，胡锦涛主席为欢迎奥巴马总统访华，在人民大会堂举行盛大国宴，其间演奏的乐曲《天下一家》的作者是迈克尔·杰克逊，全名迈克尔·约瑟夫·杰克逊（Michael Joseph Jackson），简称 MJ。他在全世界拥有极高的知名度与巨大的影响力。他拥有全球销量第一的专辑，销量已达 1.5 亿张，其唱片总销量已经超过 7.5 亿张。迈克尔生前曾发表过数百首歌曲，多数曲目一经发行便占据各国音乐榜的榜首。迈克尔说过：“我爱你们，我真的爱你们！”他一个人捐助了全球 39 个慈善基金会，是世界上以个人名义捐助慈善事业最多的艺人。遗憾的是，迈克尔·杰克逊生前没来中国开过演唱会，但在中国有许多他的粉丝。

最近看了电影《迈克尔·杰克逊：就是这样》（又名《天王终点》），拍摄的是他相隔 10 年复出彩排的工作档案。电影大体记录的彩排节目有《太空战士队列》《犯罪高手》《建筑工地》《五兄弟》《男欢女爱》《震颤》等系列内容。我听到离去世已不远的迈克尔在电影中大声疾呼：“我敬仰大自然的神秘，我对于所看到的一切感到愤怒。地球病得不轻，污染就像失控的火车。地球再不拯救，就将永远无法挽救。”我认为这应该是这部电影的灵魂。电影放映时，博得观众的自发鼓掌，恐怕原因也在这里。我欣赏迈克尔活灵活现、惟妙惟肖的表演，能够把“富于生命的乐曲、充满魔力的舞步、发自心灵的歌声”融为一体，真正是“前无古人，后无来者”，其他人实在是无法复制，无法模仿，连追随都莫及。

“天籁”一词出自《庄子·齐物论》，与“地籁”“人籁”相比较，“天籁”是音乐的最高境界。子游问庄子：“地籁是从万种窍穴里发出的风声，人籁是从比竹的各种不同的竹管里发出的声音。我再冒昧地向你请教，什么是天籁？”庄子回答说：“天籁虽然有万般不同，它们的发生和停息都出于自身，发动者还有谁呢？”我眼中的迈克尔·杰克逊，是“天籁”的“发动者”，“天籁”就是他创作的众多摇滚乐代表作品。

迈克尔·杰克逊是出色的音乐全才，在作词、作曲、场景制作、编曲、演唱、舞蹈、乐器演奏等方面都有着卓越的成就。他个人长期保持多个国家和地区的唱片销量纪录，在音乐舞台上得到过无数桂冠。迈克尔开创了现代MV时代，单曲《颤栗》（《Thriller》）的音乐录像带被誉为史上“最伟大的音乐录像带”，空前提升了MV在现代音乐工业中的地位。迈克尔创造性地融合黑人节奏蓝调与白人摇滚的独特风格，时而高亢激愤、时而柔美灵动的声音，是那么的空前绝后。他的规模宏大的演唱会，无不在世界各地引起极大轰动。1983年3月25日，当迈克尔在参加《摩城唱片25周年：昨天，今天，永远》这一电视特别节目的演出时，第一次在公众面前表演了“月球漫步（moonwalk）”舞步（后来成为他的标志性舞步），震惊全场。作为名人，他受到全世界的关注，甚至还有沸沸扬扬的流言蜚语，但这一切终将化为乌有。斯皮尔伯格留下一句客观话：“迈克尔是这个世界上最后一个按自己方式生活的天真无邪的人。他的成就和影响力远远超出了你的想象极限。”

伦敦在等待。英国伦敦50场演出的票子全部售完，全世界的人们都在焦急地等待着他的隆重复出。就在大张旗鼓的英国伦敦MJ强力演出的8天前……迈克尔·杰克逊永不回头，飞向了遥远的天际。

香港四嬷嬷

1999年我第一次去香港的情形，至今历历在目：观赏浅水湾海洋公园的海豚，俯瞰维多利亚港湾的靓丽夜景，游逛中环、铜锣湾等繁华商业区。尤其不能忘怀的是，特意去香港本岛的黄竹坑道51号，拜访我的长辈四嬷嬷、四姑丈。

解放初，四嬷嬷、四姑丈带着才1岁的克群哥离开上海，经过已在香港的亲戚小姑婆等的帮助，资慧叔亲自到罗湖口迎接，这样才辗转入港。通过四嬷嬷、四姑丈的努力奋斗，今天他们家族在香港已经十分荣耀。四嬷嬷从上海大夏大学（后并至华东师范大学）顺利毕业，我祖父为她读书的事曾帮助过她。那天下午在新宇宙公司办公室，四嬷嬷与我亲切交谈近两小时，我沐浴在优雅与和蔼的氛围中。宽厚的四嬷嬷轻轻地询问当年我的“红小兵言论”的原委，她可能已经听说我在“文革”时期提出过中断海外关系的传闻。我坦承自己在当时的形势下，曾说过没有情义的话。四嬷嬷又问我当时的年龄，我答：约14岁。她用原谅的口吻说：“噢，人还小。”谈话中，四嬷嬷拿起电话，想打给我在洛杉矶的姑妈方乐颜，但因为担心有时差，会影响对方休息，又把电话放下，真是待人体贴入微。以后几次，我途经香港，长辈们都亲自到宾馆迎接，再请我到香港有名的饭店用餐，使我受宠若惊。四嬷嬷一家待人总是那么彬彬有礼。

2009年，我与太太同赴香港奔丧，去参加四嬷嬷的追悼仪式。2009年12月1日晚6时，香港沙田大围悠安街1号宝福纪念馆召开追思会，横幅上书写着四个大字：福寿全归。我们向四嬷嬷的遗像三鞠躬，并瞻仰了她的遗体。四嬷嬷为人厚道，熟悉她的人都称她为“活菩萨”。她的香港公司的员工告诉我，像她这样将善良、谦和融为一体的人，很少。四嬷嬷虽然富有，中午休息时只是在仓库里搭块铺板。她病逝后，堂姐整理她的衣柜，里面竟没有几件好的衣服。可是，四嬷嬷资助了菲佣爱娜的两个女儿读大学的全部费用，四嬷嬷、四姑父还资助不少兄弟姐妹留学美国等地的费用，从此改变了这些兄弟姐妹的人生道路。美国叔叔 Jeffery Fong 建养老院，需要巨额资金，他们鼎力相助。上海许多亲戚能够住上新房，也是两位老人积的德。四姑丈虽然没有念过大学，但文笔很好，人精明强干，总是笑眯眯的。那天我和他在香港赛马总会酒店用餐，他谈到汇率、报关、到岸价（CIF）、离岸价（FOB），提起资产负债表、利润表、损益表等，如数家珍，让我这个读过 MBA 的总经理听得连连点头称是。可惜四姑丈早已在多年前突然发病，因救治不及而离逝。

小时候我们家一共有 8 个人，祖父、祖母、父亲、母亲及兄弟姐妹 4 人。当时父亲工资 56 元，母亲工资倒个个，65 元，加上两个姑妈贴补祖父、祖母家用 35 元，每月生活费总计 100 多元钱，难以维持全家 8 个人的生活。从 1959 年开始，或许更早，就靠香港四嬷嬷等亲戚（包括美国和其他国家的亲戚）源源不断地往上海寄港币、侨汇券。都是先寄到我家，由祖父留下我们家的，祖父再分别转送其他亲戚家。珍贵的帮助使我家和众多亲戚在那段艰苦的日子里，能够吃到精白面粉、花生油和克宁奶粉，还获得了紧张的豆制品票、肉票等，因此邻居们都非常羡慕。这一友情支持以不同的形式持续至今，长达 50 多年。平常大人们一直念叨四嬷嬷对我家的恩情，我此次赴港前父母再三嘱咐，要我作为他们的代表，向四嬷嬷表达谢意。

85 岁高龄的四嬷嬷，最后的人生旅途是这样走过的。2009 年 11 月 11 日她从香港抵沪，主要准备出席孙辈的婚宴。12 日凌晨，其兄方明康竟然跌倒去世，噩耗从天而降！ 13 日，在玉佛寺参加其夫的佛事。14 日，参加在上海龙华殡仪馆其兄的大殓仪式。15 日晚，在虹桥宾馆参加婚宴。16 日，经深圳返港。20 日，突感身体不适。21 日，住院。23 日上午，四嬷嬷终因心血管旧病复发，经医院抢救无效逝世。人生无常啊！四嬷嬷原计划回香港稍事休息后，于 12 月 9 日飞赴美国丹佛出席自己孙子国栋的结婚典礼。四嬷嬷她太累了！我深深地悼念四嬷嬷，祈祷她好好休息，捎去我对祖父等已故长辈的问候。生前他们在一起，是那么诚挚、和睦！

2009 年 12 月 2 日下午 2 点半，追悼会正式在香港宝福纪念馆举行。四嬷嬷慈祥地睡在棺木里，我按着顺序献上一支白色玫瑰花，轻轻地放在她右手边。我想她会欣然接受的。随着出殡队伍悲伤地步出纪念馆大门，在倾斜的路面上，我有几分钟感觉头晕，太太也有相同的感觉。出殡车队前往香港的歌连臣角火葬场，在那里点香、鞠躬和告别，最后目送四嬷嬷的棺木被慢慢地推进火化间。火化仪式结束后，克群哥在英皇道上的华威酒家设宴，招待前来参加追悼会的海内外亲戚朋友们吃豆腐羹饭，表达谢意。蓦然回首，我看到雍容华贵的四嬷嬷正在遗像里笑眯眯地看着我们大家。

香港的夜，繁华似锦，鳞次栉比的大楼透出灿烂的灯光，大街上的汽车依然川流不息，人群照旧摩肩接踵…… 但是这些对我已经毫无吸引力。四嬷嬷走了，香港的夜在我心中也黯然失色。

赵根妹

岳母赵根妹，1933 年出生于上海的一个铁路工人家庭。后值抗日战争爆发，家里大人因生活所迫，将她送给邻居做童养媳，那年她才 6 岁。从此岳母没有再同亲生父母见过面。虽然她长大以后有机会找他们，但她认为既然自己已被父母送给别人，就不必再找了。“穷人的孩子早当家。”被送人的经历使岳母懂事特别早，很小就会照顾养父母家里的孩子。1952 年，她参加杨浦区劳动部门就业培训后参加工作。1953 年进上海中华针织棉纺厂，那是纺织系统的大厂。1954 年 5 月入党，彼时我和我妻子都还没出世呢。岳母还担任过厂里的车间党支部书记等职。

1956 年岳母一家从虹口区飞虹路搬来，和我家成了隔壁邻居。我祖父在世时，见岳母“翻三班”，仍然买、洗、烧，洗满满 3 脚桶衣服，就夸奖：“杨师母是弄堂里最勤快的人。”岳父也是党员干部，入党比岳母稍晚些，但岳母宁可自己辛苦，牺牲自己的前途，也要全力支持岳父的工作。1959 年 9 月 17 日的《解放日报》，报道过岳父等共产党员把长风氧化铁厂办成“红旗工厂”的新闻。我妻是家里的老大，10 岁不到就帮着做家务，烧饭要站在小凳子上才能够得着煤气灶台。“文革”期间，岳父作为“走资派”，被责令“靠边站”，岳母则同情、安慰岳父。1972 年我妻子被六十二中学分配到大西北的甘肃省庆阳地区第二人民医院，岳母为此找老师反映妻弟杨明彪患肿瘤、刚开过刀等困难，但重新安排的请求没有得到班主任的理睬。请求无果后，岳母毅然打好包裹，将女儿送上开往大西北的火车。

1983年，按政策、大舅子顶替了岳母在中华针织棉纺厂的岗位。他告诉我："男同志挡3台大圆车，姆妈挡过13台大圆车。担任党支部书记后，还是依旧三班倒，劳动定额任务一点不少。如果不是小孩家务拖累，上级党组织早就把岳母列为提拔培养对象了。"岳母首次发现患上蛛网膜下腔出血，是在1985年，发病来得凶险！记得那天是星期天，大舅子早晨上班前告诉我们："夜里姆妈头老疼。"说完即去上班。我和妻子杨明琍马上到里弄居委会借手推车，急速将岳母推往长征医院抢救。所幸那次抢救奏效，没有留下什么后遗症。小舅从部队复员后在税务局上班，还在区检察院兼职，身着有国徽的两套制服，风光一时，在1995年却因病英年早逝。小儿子的不幸去世对岳母刺激最深，打击最大。她欲哭无泪，坚持从"白发人送黑发人"的苦境中走了出来。她常教育我们："做人家，就是做自己，吃亏是福。"岳母处处想着别人，生怕有半点麻烦别人，惟独没有想到她自己。她从来没有跟谁红过脸，人缘很好，没有冤家。做好的饭菜总是让别人先吃，自己总是最后才坐上来。勤俭节约的岳母常把剩菜端进端出，1只蹄髈连汤总共要吃3天。

2010年4月，岳母赵根妹生平第一次全身偏瘫，估计是上次中风的后遗症发作。这次生病对她打击特别大。200多个日日夜夜，病魔在岳母体内疯狂肆虐，这绝不是一般人所能承受的。祸不单行，岳母患有的长期糖尿病导致并发症，比中风来得更加凶险。并发症有肝炎、胆囊炎、高血压（极危）、胸椎与腰椎结合处12点排位剧烈疼痛等，岳母的体质弱到医生怀疑她肠道有问题，但未作肠镜检查。到2010年11月下旬，岳母开始出现严重腹水、胸水，高烧发到39℃以上，一个多月滴食未进，令人万分焦急。岳母的病历卡上写满CA、AEP、CEA、CA24等常人看不懂的专

业词汇。12 月 6 日，医生说，恶性肿瘤依据不足。应我妻要求，给岳母做了甲胎蛋白检查。12 月 8 日的化验报告显示，恶性指标奇高！

12 月 23 日中午，我去医院探视岳母。岳母张口呼吸困难，第六感觉告诉我：岳母大限已近。次日一早，手机铃声大作，护工小李来电，急吼吼地叫我们快到医院，我妻急得双脚直跳。我驱车 10 多分钟赶到医院，全然不顾红绿灯。赶到医院，主任李医生正亲自组织抢救，实际上在我们到达前，强心剂已打掉多瓶。李医生问我，是否切开气管输氧？我答“好”，救人要紧。此时，岳父和舅子还在赶来的路上。岳母她咬紧牙关，死活不肯张口。她是非常坚强的人，并不怕死，只怕连累大家。病危通知书 8 点多发出，10 点 10 分岳母抢救无效，不幸去世。临终时，岳母的脚肿得厉害，本来能穿 36 码的鞋，现在 39 码的鞋穿着还嫌小。我念着岳母尸体识别卡上的字“癌性腹水，中风二期”，字字痛彻心扉。为了让她走得有尊严，我在太平间里为岳母默默做了近 3 小时的临终关怀……

追悼会开始前，灵车已推至门口。我一人肃立在灵车前足有 5 分钟，端详化妆后的岳母遗容，怎么看都不像。岳母是本色的，从没见过她化妆。岳母走时没留下一句话，我妻整理岳母遗物，没有值钱的东西，只找到她用纸包好的 3 条岳父曾经用过的旧皮带。岳母入党时我还没出世，我的党员资格和她比差远了。今天重读《共产党宣言》的最后一句话“全世界无产者联合起来”，郑重地向尊敬的中共老党员、岳母赵根妹作最后的告别。

回忆外公老画师

2016年是我的外公方汝成先生诞辰120周年。表哥毅丰著书回忆外公生涯，并特邀我投稿，我欣然答应。可没有想到的是，这一动笔竟然触发了内心跨越50多载的情感，记忆中的故人跃入脑海，映入眼帘，他们的故事争先恐后，来得如此一发不可收拾。从答应毅丰的那天开始，好像母亲、外公和我就有了约定，我们在这里叙旧，拉家常，一次次重逢，一次次欢聚，以致我反复拖延完稿日期，仿佛就是为了要和他们再度光阴！

我的母亲方乐颜是外公外婆的三个孩子中间最小的，是外公最宠爱的小女儿。而外公则是母亲一生中最敬仰、最骄傲、最爱慕的人，这是每次母亲跟我讲起外公的故事之后，我所能得出的唯一结论。我是听妈妈讲外公故事的忠实粉丝。我在外公的八个儿孙中排行第五，虽然没有像上海的表兄妹那样在外公的身边长大（这是一个很大的缺憾），但是从来没有生疏或者失宠的感觉。

我保留的有外公的照片中，那些带有他笔迹的尤为珍贵。“老画师”是外公给自己起的笔名。他的城府和“画笔”的功底，都让我这小辈望尘莫及。他只用短短的几句话，就能把照片里里外外的故事勾画得活灵活现。我喜欢看外公的笔录，因为我喜欢在字里行间揣摩和回味他当时的心情，向他提问，与他对话，理解他的为人，感受他的生活。

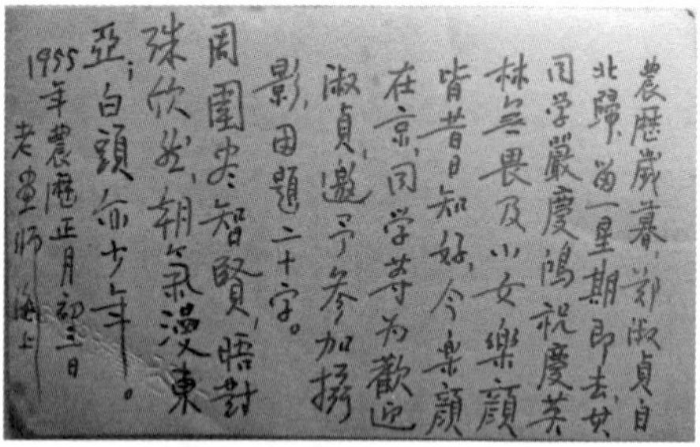

文中的照片是外公和母亲的四位大学好友的合影，没有母亲在场，拍照的日子非常特殊，有什么事让外公脸上如此春意盎然？老画师是如何讲述这段故事的？

农历岁暮，郑淑贞自北归，留一星期即去。其同学严庆鸿、祝庆英、林无畏及小女乐颜皆昔日知好，今乐颜在京，同学等为欢迎淑贞，邀予参加摄影，因题二十字：

周围尽智贤，
晤对殊欣然。
朝气漫东亚，
白头亦少年。

老画师，海上

上世纪40年代（那可是一个男尊女卑的时代），开明的外公送母亲上了美国福音教派传教士创办的圣约翰大学上海分校，母亲主修英语。照片上的这四位姑娘都是她的大学挚友。外公被这些朝气勃勃的“智贤”所感染，觉得自己也变年轻了！母亲大学毕业后不久，便和郑淑贞阿姨来到了北京，到刚刚成立的北京新

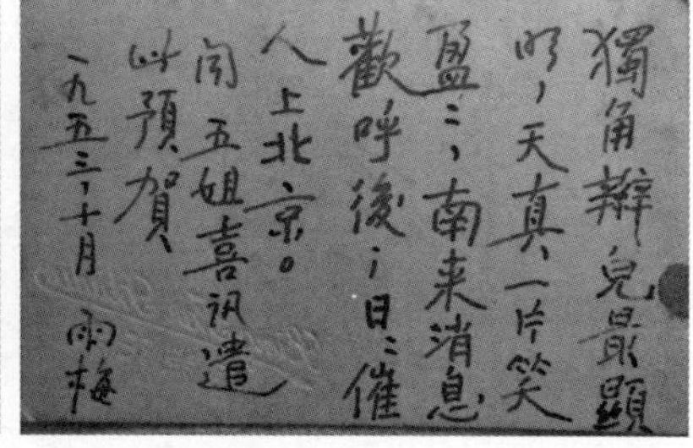

獨角辮兒最顯明，天真一片笑盈盈，南来消息歡呼後，日日催人上北京。

聞五姐喜訊遣此預賀

一九五三，十月

雨梅

华社总社任英文翻译。这年郑阿姨回上海一周过春节，给外公带去了妈妈临产的消息。拍照的日子，正是我出生的前一天！外公脸上春意盎然，显然在等待着我的出世。而之前两周，外公的大孙子毅丰表哥刚刚出生！外公这时快 59 岁了，开始步入人生的黄金时代。他的心态是连年轻人都羡慕的。我看着“老画师”的落款，那个“师”字的最后一画拉得长长的，深感他余兴未尽！而我也有许多没有得到满意答案的问题，其中的一个让我百思不得其解：小小豆腐块儿形状的照片背面，让外公的小文刚好填满，不多一格，不少一行，怎么算得如此精确？

外公和母亲之间的家信从未间断，除了聊家常，外公还喜欢在信尾附几句诗，诗句里总是充满了乐观和鼓励的话语。对于外公的来信，妈妈从来不是看完就收起来的，而是会把信打开着放在柜子上，一有机会就再看一遍。我也常常能看到外公的信。就这样，外公在我小小心灵的深处，多了一个大诗人的形象。他的诗句每每让我眼前浮现出一个开朗、乐观、聪慧和慈祥的外公。

在一张协伦母女合影的照片上，老画师的题词记录了天真可爱的表姐和家里发生的重要事件。因为老画师本人不在照片里，所以用舅妈的名义落款：

独角辫儿最显明，
天真一片笑盈盈。
南来消息欢呼后，
日日催人上北京。

闻五姐喜讯遣此预贺

表姐协伦是外公的第二个孙女，外公和她一家住在一起。老画师快乐的心态尽在字里行间。这一年，正是我父母结婚的那年。

外公特别喜欢孩子，他就像一个园丁，喜欢花很多时间打理那些“花花草草”，也喜欢观察欣赏。外公有许多让我们小辈敬仰和骄傲的地方，然而我们最觉万幸和感恩的，莫过于外公对我们的关爱。外公不但喜欢教育孩子，并且乐于花时间和孩子们在一起，和他们分享快乐。

这张摄于1960年10月国庆节的照片，记录了外公带着三个表姐庆祝国庆的喜悦心情。外公题词“主席台前，红领巾后”，重现他对孩子们的和蔼可亲。

在美国生活的日子里，妈妈经常和我讲起外公的故事。但在“文革”期间，妈妈几乎很少提起外公，因为外公有“海外关系”，妈妈怕我们不懂事，到外面讲起外公，影响在学校的发展。1980年我去美国留学，终于见到了外公的那些海外亲戚。在和他们的交谈中，我了解了他们对外公的感恩和怀念。这些在解放前夕离

开上海的亲戚，曾经在外公眼前长大。他们对我外公的敬仰和赞誉，让我骄傲和吃惊。他们说，外公和他们在一起的时间远远多于他们的父亲。外公经常带他们遛街、逛公园、看电影，给他们讲故事，甚至帮他们出主意，解决问题。妈妈曾经告诉我，外公的妹妹和妹夫的婚事曾经遭到家人的极力反对，原因是两人都姓方，依照传统的观念，同姓的人联姻是不吉利的。但一向开明的外公说服了亲友，替妹妹做主，成全了这桩婚事。

我和外公也有一段不寻常的故事。我四岁那年的夏天，1959年8月，妈妈怀着弟弟，带我去上海生产。我们在外公家住了一个多月。外公为了给妈妈的产前产后一个最佳的环境，把我和表哥毅丰送进了托儿所。每天回家，外公都给我们准备了好吃的点心，这已经足够让我觉得外公多么了不起了！

8月23日，弟弟出生的那天傍晚，外公单独领我来到医院。医院大楼后面的院子中央有块草坪，我们就在草地上坐下来，我坐在外公的右边。周围乘凉的人熙熙攘攘，从我们旁边走过。我们一老一小带着一种使命感，席地等待着。外公说，我们在这里等你妈妈创造奇迹。一棵大树正往三层高的医院楼顶伸展，暮色渐渐把医院大楼裹住。室内的灯光点亮了一扇扇敞开的窗口，里面的话语声和外面树叶的沙沙声混在一起。不知过了多久，外公抬起右手，指着一处亮灯的窗口，兴奋地对我说："看见吗？那个亮着灯的窗口，你妈妈就在那个房间里。"外公好像也没有多说什么。后来我知道从那个晚上开始，我的身份改变了，我是姐姐了。当时，我亮亮的小眼睛像一个照相机，把这个情景永远地拍摄下来了——草坪，医院大楼，亮灯的窗口，外公和我的背影，一老一小。不知道我们又坐了多久，不知道弟弟的第一声啼哭什么时候开始的，更不知道什么时候离开的。但这张"底片"记录

了外公带我去医院、一起等候妈妈创造奇迹的重要时刻。这一时刻毫无疑问地成为我的生活中非凡的一刻。这张“底片”，后来被我在记忆里无数次地冲洗过。

虽然在后来的岁月里，我和外公再也没有见面，但我们在上海朝夕相处的不到两个月的日子，却把外公的形象深深地刻在了我的记忆里。我喜欢这样想，虽然我没有外公那么智慧，但我继承了他热爱生活的心态和乐观的基因。他曾经激励母亲生活得有意义，我也在沿着这条路继续往前走。

外公，我想念您！

刘方萌（日本丰田公司美国总部培训经理、作者的表妹）

随思篇

我思故我在

补胎与煎饼

2008年，我在复旦大学哲学学院开办的“人文智慧课堂”上课。一日，班长组织召集同学发表“一得见”的活动，规定每个同学都要按照题目讲15分钟。有的同学讲“空”，有的同学讲“哲学的穿行”，有位香港来的同学讲的是“对中国艺术历史的几点看法”。我心想，只有15分钟时间，还是讲点实惠的内容吧。我们中国曾经是个自行车大国，因此寻常大街小巷，随时都能见到修理自行车的摊位；天津或山东煎饼果子摊也是随处可见。我就讲讲补胎与煎饼这两件与老百姓有关的琐事吧。

我家曾经住在上海人民广场附近。在人民广场的三角花园对面弄堂口有一个修自行车铺，铺主是上海人，我会跟他聊聊。当时永久牌、凤凰牌等是自行车品牌中的佼佼者，补一只胎记得是1角5分。等到有一天又注意上心了，已涨到2元钱补一只胎（现在是3元钱一只）。我对他的补胎过程仔细观察，发现补胎的工艺流程大致是：1. 检查外胎；2. 卸下螺帽；3. 剥开外胎边；4. 拉出内胎；5. 打气；6. 浸水盆内检查漏点；7. 插上火柴；8. 放气；9. 车胎漏处搓搓毛；10. 贴胶水皮；11. 木榔头敲打；12. 放进内胎；13. 将车外胎边撬进钢圈；14. 上紧螺帽；

做煎饼果子

15. 打气。每个环节都不可缺少，特别是 9、10、11 这三个环节最重要。整个过程大约需要 12 分钟。补胎成本除人工费用，还需要胶水和橡皮费用（摊位费未计入）。

我家后来搬到西区徐家汇附近，家里不远处有个煎饼果子铺。经询问，煎饼果子原产于京津地区，后来山东、安徽等地也有。早晨经常买早点，就认识了做饼的那对安徽夫妇。当时 2 元钱不到可买一只，现在涨到 4 元 5 角。做饼先后顺序大概是这样的：1. 往锅上盛勺面浆；2. 铺开；3. 翻身；4. 敲一只蛋；5. 铺开；6. 涂甜面浆（问要辣否）；7. 放香菜；8. 放榨菜；9. 放虾皮；10. 放葱花；11. 放脆饼（或油条）；12. 一折二；13. 二折四；14. 用刀一切二；15. 装进口袋。最快的过程是 35 秒，我掐的表。煎饼果子色、香、味俱佳，再加杯豆浆，是很好的一顿早餐。算成本比较复杂，鸡蛋、面粉、辅料、燃料等加起来，估计超过总价的 60%，还有人工费（当然摊位费还是未计入）。要仔细算账才能清楚他们夫妻俩一天能赚多少钱，“谁知手中饼，口口皆辛勤”。

开门七件事，老百姓的衣食住行我竟说了两个，真是口气好大。所以看似区区三四元钱的小事情，但老百姓的生活确实离不开这些看起来不起眼的事。不补胎自行车不得行，不吃饼老百姓不得劲。如今人民广场附近的高档楼盘房价已涨到 10 万元 / 平方米以上。从建筑成本本身分析，建筑成本包括直接费、间接费、其他费用。不管是多层混合结构、高层混凝土结构、超高层钢结构，建造每个平方米的综合定额对于应该含有多少钢筋、木材、水泥等都有明确的规定，而且所有费用都要“过五关斩六将”的，要经过估算、概算、预算、结算、决算、审计核算等多道关口。那么房价为什么老是上涨呢？如果不懂地租级差，那就永远也不能搞懂上涨或者下跌的原因。以前学习过政治经济学中的劳动等价交换原则，还有劳动力价格不等于劳动价格等。倘若要补胎工和煎饼叔用赚的钱买10万元/平方米的房子，那简直是天方夜谭。政府要让低收入群体过上有尊严的生活，推动廉租房、经济适用房、经济保障房建设是上策。

我们理应对补胎工、煎饼叔、送报员、售货员、清洁工、快递员、理发师、扦脚工等普通劳动者抱有感激之情。只有认识到有了普通劳动者的辛勤劳动，我们的生活才变得丰富多彩，才能使我们感到劳动真的光荣，劳动创造历史。

以上发言，也算是和同学们分享我的“一得见”。结果，我获得了班里同学的阵阵掌声。

生活方式与养生之道

2008年7月2日香港《南华早报》发表了著名作者秦家骢的文章，题目是《中国人昔日的生活方式更健康》，我读后颇为感慨。作者写道："35年之前，当我初次踏上中国内地的土地时，我对所见到的落后与贫穷感到震惊。人们生活简朴，衣着朴素，什么都舍不得扔。……由于家里没有空调，办公室一般也不装空调，到了夏天人们只能忍受酷热，每人手里一把纸扇。晚上许多人把床搬出像火炉一样的房间，睡到大街上。在北方的冬天，人们在户外存储着成堆的白菜，利用天然冰箱让蔬菜几个月都不腐烂。人们大多住在宿舍楼里。除了政府的办公楼，哪儿都没有电梯。自行车是'马路之王'，汽车寥寥无几，在挤满自行车的路上小心穿行，汽车的喇叭声淹没在一片叮当作响的自行车铃声中。那时候没有纸巾，人们用的是可以洗涤的反复使用的手绢。事实上，人们很少扔掉东西，要是还能废物利用就不会丢掉。"作者质朴而细腻的描述，让我们回到并不遥远的过去，今天读来还觉得好温馨，就像是昨天刚发生的事情。

作者说的事情，其实真的不遥远，都是我们曾经亲身经历过的生活。50多年前，我隔壁邻居家有四个小孩子，他们妈妈早晨用4分钱买一根油条，自己舍不得吃，让四个小孩子分着和泡饭一起吃。坐在后弄堂里，油条蘸酱油，吃得津津有味，他们的身体也都没什么毛病。假如突然要他们改变饮食习惯，天天白脱、果酱、面包、白煮鸡蛋、火腿方肉，外加牛奶、果汁、水果、咖啡等，试想他们的肠胃吃得消吗？健康词典中找不到这样的词语：

“随心所欲”“海吃海喝”“欢天喜地”。“人生得意须尽欢”，仅仅指的是金榜题名时、洞房花烛夜等特殊日子。假如有一个人嘴巴馋、放开吃，倒是要当心病从口入呀。

2002 年香港四嬷嬷回沪探亲，在上海大剧院楼上饭店请客，一共 8 桌。离席时我看到近半的菜肴没有吃完，留在桌上。可是我没有理由指责亲戚“暴殄天物”，更没有资格批评诸位客人已经忘本。但是我清晰地记得，1999 年的夏天，在香港本岛，75 岁的四嬷嬷晚上 6 点多离开黄竹坑道的公司时，关空调、关电灯、关大门，然后到铜锣湾时代广场 21 楼宴请我。5 个人共点了 6 只菜，吃剩的菜全部打包带走。中国人不管住在哪儿，不管有没有钱，传统上都一样勤俭持家。我同意秦家骢“上世纪 70 年代中国人的生活方式远比今天人们浪费大量资源的生活方式更健康。那个时代的生活方式矛盾还少些，而现在的生活方式问题重重”的观点。

《黄帝内经》开宗明义：“恬淡虚无，清心寡欲。”老祖宗对养生是提倡简单、清淡。2008 年 8 月 26 日《新民晚报》A28 版，某位精英写了一篇养生文章，题目是《“辟谷”饮茶保健康》，读后深有同感。他介绍自己：“人到中年，似乎应该发福了。但我连续 3 年的健康检查，身体的各项指标全部合格。仔细想来，归功于‘辟谷’和饮茶。”据《辞海》注释，“辟谷”也称“断谷”“绝谷”，即不吃五谷的意思，是中国古代的一种养生方法。“辟谷”时仍食药物，并须兼做“导引”等工夫。《史记·留侯世家》中有“留侯性多病，即导引不食谷”。裴骃《史记集解》称：“服辟谷之药而静居行气，后为道教承袭，当作修仙之一。”不过，每个人的具体情况有区别，“辟谷”疗法并不是对所有人都适合，应听取医生的意见。

我阿爷（祖父）曾教导过：“要保持身体健康，就要注意保持‘进

出口平衡’。”饭后稍息，午后小歇。众所周知，健康的四大基石是：合理膳食、适当运动、戒烟限酒、心理平衡。原来世界卫生组织（WHO）还曾经提出过健康的十条标准，这些标准的中心意思简单归纳起来，就是身体健康、心理健康加上社会适应良好。

看脸色、看手指甲等，也可以了解自己或别人的健康状况。当然，每年定期去医院进行身体检查，应当是必不可少的，特别是到了中老年阶段以后。养生的经验有许多，基本的经验不外乎：“养身在动，养心在静，劳逸结合，经常吃素。”我个人提议再加上两条，一是做到“快乐每一天”。我对快乐的理解是：有事做，有人爱，有期待，满足基本生存，加上有好心情。二是积极预防意外事故，如坐汽车要系安全带，遇暴热、暴寒天气时要特别谨慎，在人群密集活动的公众场所要格外小心，最好不要去“凑热闹”，以免发生不测等。有时看起来是很小的一件事，弄得不好就会酿成重大灾害。真的到了灾害发生时，连累到自己，做“事后诸葛亮”就晚了，后悔也来不及啦！

生活方式与养生之道是涉及综合类知识的一门深奥的学问，我的理解还很肤浅。

学　问

学问之道无它，只求放心而已。读书用心，才能不断获得新的知识。无论国学的经、史、子、集，还是西学的自然科学、社会科学、人文学科等，知识的海洋是浩瀚无边的。“书山有路勤为径，学海无涯苦作舟”，只要我们不断用心读书、思考，就能够不断攀登新的知识高峰。虽然读书是获取知识的一条重要途径，但不是获取知识的唯一途径。读书忌讳“读死书，死读书，读书死”。理论上是书读得越多知识就越多，但实际情况往往未必。知识还可以大量地从书本以外去学习，从社会实践中学习。

书本结合实践的东西就是经验。复旦“人文智慧班”的王班长在结业典礼的讲演中说，来学习“以前是模糊的，现在仍然是模糊的”。现在仍然模糊，这是伟大的谦虚。同学中有在复旦、北大读过书的，有曾赴美国留学的，现都在各企业的领军人物位置上。他们不仅有书本知识，还有本行业、本领域大量的实际经验、丰富的社会经验。同样观察一件事物，他们往往有与众不同的心得。他们懂得了知识，诲人不倦；不懂，就学而不厌。许多同学对某些事物熟悉，不仅知其一，而且知其二。本以为自己算是个聪明人，当跨进美国哈佛大学燕京图书馆，看到馆内珍藏的中国历代史料时，才明白自己是多么无知。我还听到过一个案例：国家花几千万元进口一条生产流水线，突然出了故障，但是无论如何找不出毛病，最后只能求助于外国制造商；对方派了一位工程师，事先讲好要价 30 万元，结果立马解决了问题。中方后悔不已，但无可奈何，因为外方掌握了专利。

做学问讲究融会贯通。我发现凡是优秀的老师，他们的本领就在于知识广博，融会贯通。学问，学问，有学必有问。在复旦上课时，有学生问胡守钧教授："以前祭拜天、地、君、亲、师，为什么现在祭拜的是天、地、国、亲、师？"胡教授回答："因为辛亥革命，废除了帝制，所以'君'改成了'国'。"我们从师生的一问一答中，一下子学习到两个知识，非常舒服。另外一堂课，有学生向刘统教授提问如何看待周恩来总理，刘教授先谈了自己个人的看法，然后告诉学生理论界的看法，再指导学生可以参考某某出版社的书、书的可信度如何，回答得天衣无缝。曹锦清教授讲解"社会转型"专题时，仅解释"社会"一词就用了两个半小时，解释得面面俱到。优秀的老师不仅使你懂得问题，还让你掌握弄懂问题的方法。倘若你有足够的悟性，再遇到这样的问题，也能触类旁通，举一反三。接受这样的课堂教育，是多么值得庆幸的事情！

"冰冻三尺非一日之寒。"学问是打磨出来的，是积累到一定时间、各种应力集中释放的产物。做学问要耐得住寂寞，没有长时间的艰苦积累，就等于无本之木、无源之水。做学问是辛苦的脑力劳动，有时甚至是深更半夜的苦差事。灵感、悟性这东西稍纵即逝，有时上半夜想起，下半夜忘记；下半夜悟到，凌晨变成空白。要诀就是要马上记下来。毛泽东的《论持久战》，是用7天7夜的时间连续不断地工作才写成的。郭沫若的长诗《凤凰涅槃》，是在发高烧时创作完成的。从这个角度评价毛泽东、郭沫若，他们不愧是大学问家。

"世事洞明皆学问，人情练达即文章。"朋友，假如你已经具备了一定的知识，又具备了相当的经验，那还等什么？不妨把知识与经验系统地整理出来，将其融会贯通，说不定还会有不可思议的收获呢。让我们收拾精神，大胆说出自己的主张吧。

微信，想说爱你不容易

微信已经流行多年，可是我加入微信队伍的时间特晚（而且是被动的），只能算一个微信新兵。按理说，轮不到我对微信这玩意儿说三道四。但是如果我不说出来，又会觉得不痛快，犹如骨鲠在喉。那干脆就坦率地说出来。归纳我对微信的看法，就是“想说爱你不容易”。

微信与移动电话“绑”在一起。我与移动电话的缘分，还得从 1992 年到南方出差那次说起。广州夜晚 11 点多，广州宾馆的顶层饭店夜宵依然热热闹闹，里面的人们毫无倦意，个个谈笑风生，令我这个上海来的北方人大跌眼镜。更让我惊讶的是，吃饭喝酒的老板都在桌上大模大样地竖立着摩托罗拉移动电话，又称“大哥大”（或“枕头机”）。这种手机俨然成为他们身份的象征，委实让我刺激不小。回上海以后，因为公司业务开展需要，也去预定了 2 只摩托罗拉移动电话，每只费用 3 万元……从此以后，差不多 15 年间，手机便成了我随身必须携带之物，其款式也“随着时代进步而变化”，有摩托罗拉翻盖、摩托罗拉微型、诺基亚、三星等。凡是流行的款式，我从来没有“脱过班”……突然在 10 年前，不知道为什么，我的手机款式停留在三星，不再改变。这样，不但脱离了苹果后来开发的各类款式，而且我那三星手机只是一台 2G 手机，不能玩微信等“时髦东西”，以至于今天我那手机若是扔在地上，都没人捡。电信公司一再催促更换，周围的朋友、亲戚的手机都升级换代，看上去我大大落后啦。但是我自岿然不动，今年推明年，明天推后天。这样一直拖到 2015 年 9 月 10 日

教师节，我把自己开通微信作为礼物，献给我敬重的刘统老师等人。因为我对微信不熟悉，缺乏实际操作经验，一下子微信群就上来了 100 多位亲戚、同学、朋友、同事……

首先，微信就是一种快餐文化现象。其内容有冒似禅味的处世哲学，国际时事的分析，但这些东西有一个共同点，即词藻华丽、四平八稳、不痛不痒、似是而非，还有老掉牙的卡内基励志文章，都是几十年前书本上就有的东西，现在还有人拾人牙慧，人云亦云。

微信内容充斥着大量的“心灵鸡汤”，真的太过泛滥；以钱会商、炫耀财富的比比皆是，但是无关慈善；投机理财，小心破产；照搬照抄的那些百科知识，到头来大多是害，还害了眼睛。微信中养生内容的篇幅也不小，但养生、治病完全因人而异，没什么灵丹妙药是包治百病的。

现在的微信如同大林子，什么样的鸟都有。天下微信一大抄，意见领袖遍地是，在微信中比较少见有理论、有水平、有个性、有分析的好文章。悲乎！本人保持淡定，面对海量信息的“疲劳战”，绝对不去浪费时间。众所周知俄国人喜欢酒，但是他们同样喜欢读书，人均每年读书时间排在世界前列。我们还是留点时间读几本书吧。我现在只在早、中、晚花些时间打理下微信。

微信，想说爱你不容易。当然也不能惊惊乍乍，把微信说得一塌糊涂、一概否定。微信传播新闻快捷，在实时信息、图像方面优势明显。近年，笔者去武汉、西宁、兰州、哈尔滨、长沙等地，以及美国、日本等国，有些文字画面即时传给大家，反响不错。我也能及时分享给好朋友发自南美智利、秘鲁等 12 个国家的风景美图，分享我在复旦大学的同学于少方在法国家中过圣诞节的喜悦。还有朋友分别在美国、斯里兰卡等国欣赏到的风光，都能尽

收眼底，岂不开心？微信也能传送那些历史老照片，传递严肃的、有良知的知识分子的信息，提升我的思想境界。微信在逢年过节时，在和亲人、朋友的情感交流和送祝福方面，省时省力，优势特别明显。

总而言之，人还是按照自己的习惯生活比较好。有些人起床后先看微信再刷牙，晚上睡觉前刷完牙又看微信。发明微信的本意是整合人们生活中的碎片时间，实际情况是微信把有些人的生活彻底碎片化了，悲乎！我以为，即使喜欢微信，也不要陷进去，那是很要紧的。还有，一切以考虑安全为妥，走路时不要看手机，坐电梯时不要看手机。曾经发生过有人进电梯门时看微信，电梯突发事故，竟致身首分离的惨剧……网上播放视频，有一浙江女子晚上看微信时路过河边，不幸坠入河中，只挣扎了10秒……

我微信上的个人介绍称：“自以为走南闯北，替天行道；殊不知何处东西，胡说八道。”权作本文结束语。

围墙·肩膀·亲民

上海PCEC东亚学院自成立以来,教学成绩斐然,桃李满天下。有一段时间,上海东亚学院在上海以至江浙地区的知名度、影响力及其强劲的发展势头,在教育界是有目共睹的。上海东亚学院取得的骄人业绩,也使我们全校师生感到无上光荣。

本人认为东亚学院之所以能够取得今天的成功,至少有3个原因。首先,上海东亚学院是一所没有围墙的大学,仅仅就学校的硬件设施而言,那是十分简单,简直没有可以夸耀的地方。但是原来的复旦大学校长、曾任英国诺丁汉大学校长的杨福家教授有一句名言:“大学是不能以有多少高楼来衡量的。”我暂且把这称为“围墙论”。古人云:“天称其高者,以无不覆;地称其广者,以无不载;月称其时者,以无不照;江湖称其大者,以无不容。”上海东亚学院以其简单的硬件设施,招收了上海及周边地区4500多名精英学生,不能不说是个奇迹。实际上,上海东亚学院是把更多的办学精力、财力,放在了更好地培养学生方面。一所大学的影响力,是由其办学宗旨、教学模式、师资力量、学习氛围等诸多元素构成的。所以,大学有没有围墙,不是衡量大学优劣的唯一标准。

其次,上海东亚学院是一所“站在巨人肩膀上”的大学。学院的领导睿智地引进了境外先进的MBA模式,聘请了国内外一流的教授、学者,一下子把学院的含金量提高许多。“山不在高,有仙则名;水不在深,有龙则灵。”有了这批著名的教授学者以后,课堂上的教学效果确实非同一般。拿我所在的班级为例,给

我们上课的老师有来自复旦大学、上海财经大学、华东理工大学等学校的名牌教授，其中还有上海市人民政府智囊团成员、大学商学院的院长，如石良平教授、陶铁生教授等。这些名师学术精湛，水平很高，平易近人。指导我毕业论文的老师是严诚忠教授，当时他是上海市民革常委、上海市政协常委，平时工作很忙，但是对我写的论文一点儿也不马虎，前后共修改了8次。我们经常约在徐家汇地铁站口碰头交接，弄得像过去的地下党联络员一样。最后我的毕业论文得到A级，这与严教授的严格要求是分不开的。

最后，上海东亚学院是一所亲民化的大学。自从我们踏进校门、成为东亚学院的学生后，院方领导自始至终对我们每个学生爱护有加。即使我们已经毕业，离开学院多年，东亚学院举办各种学术活动、讲座，都不忘通知我们，还定期免费给每位学生寄赠《工商管理参考数据》和《东亚通讯》，几年如一日，从不间断。这一切无不显示出院方领导对我们这些学生的殷殷之情和亲切关怀。虽然同学中不乏“这个总经理、那个董事长”，但是在学院领导和老师面前，都是学生；院方对每个同学，无论新老亲疏，一视同仁。对此，每个有良知的学生都感激不尽。评价东亚学院是一所亲民的大学，恰如其分。

桃李不言，下自成蹊。东亚学院自成立以来，知名度和影响力不断扩大，其强劲的发展势头就是最好的证明。正是“围墙、肩膀、亲民”的办学风格和精神，使上海东亚学院在大上海的黄浦江畔，也曾占有一席之地。

清　高

清高是知识分子特有的气质，对清高的一个解释是：纯洁高尚，不慕名利，不同流合污。也指不愿合群、孤芳自赏的人。“清高”曾经是上世纪五六十年代的知识分子使用频率最高的词汇之一，如今已难见踪影。很多人忙忙碌碌，追逐物质利益，时过境迁，认为“清高”已经随着岁月流失了。对此，我不敢苟同。

中国人对“清”字是情有独钟的。在中国人的词汇中，许多美好的称誉，都是“清”字当头：卓越的才能是“清才”，志行高洁的为“清士”，儒雅的文章称“清文”，廉洁奉公的官员叫“清官”，纯洁的友情谓“清交”，还有“清秀”“清名”“清醇”等说法。凡属于令人敬重的人品、举止、物性、事理，几乎都要冠上一个“清”字。“清”字再加上“高”字，当属顶级的称誉吧。不过，清高曾是压在知识分子精神上的重负。“老鹰孑然翱翔，乌鸦成群结队；愚人需要伙伴，智者只要孤独。”从父母那里继承的贵族头衔和血统，不如自己拥有一颗高贵的心。清高，心比天高，不会阿谀奉承，自认人杰，不追求物欲，终身探索真理，同时完善自己的人格，追求一种伟大的思想境界。对于上世纪五六十年代的知识分子来说，之所以他们使用频率最高的词汇之一是“清高”，是由当时的特殊背景决定的。但所谓的清高，现在是否已经消失得无影无踪了？

木秀于林，风必摧之。历史上，有“宁可丧生，不愿丧己”的屈原，有“先天下之忧而忧，后天下之乐而乐”的范仲淹，有“横眉冷对千夫指，俯首甘为孺子牛”的鲁迅，有“不为五斗米折腰”

的朱自清，有“居庙堂之高则忧其民，处江湖之远则忧其君”的王元化，有“富贵不能淫，威武不能屈”的熊十力、陈寅恪、梁漱溟等。他们都才高八斗，生活普通，高压之下仍然不改初衷。

其实有时候，知识分子往往与道家走得很近。我中学同学曹嘉懿在一家全国性期刊《现代领导》杂志做编辑，她给我发来短信：“一个人本性善良很重要。庄子说，‘独与天地精神往来’，一个人的心可以磅礴万物，天地与我共生，万物与我合一。世间万物都是车马，都是可以搭乘的。你最后达到的一个目标，就是心游万仞，就是让我们的心灵达到永恒的飞扬……”可见她欣赏的是典型道家思想。

等到知识分子做了官，那他可能又去学习儒家的“达则兼济天下，穷则独善其身”。关于儒家，有于丹在百家讲坛上的大众化诠释的儒家，有晚清以来反法家之儒家和反西方之儒家，有西汉董仲舒的反百家之儒家，有历史上真实的儒家等，不一而足。我认为，知识分子的清高有深刻的思想原因，其中重要的一点就是儒家舍我其谁的心境。其实孔子在世时，曾经“如丧家之犬”，很不得志，倒是在死后反而地位日趋显要。过去我一直不理解孔子生前与死后的反差为什么那样大。2009 年 3 月的江南春游，我在锦溪镇（陈墓）找到了答案。在一家民间博物馆，看见一条横幅上写着：“大丈夫行事，论是非不论利害，论顺逆不论成败，论万世不论一生。”孔子不是只看到人生在世的几十年，而是把目光放得更远。当然，还包括后来统治阶级对孔子的推崇和清高知识分子对孔子的追随。

清高的知识分子像冬天的梅花，越是寒冷越发奇香。清高，使他们鄙视哗众取宠的卖弄与厚颜无耻的媚骨。

手　机

移动电话，又被称为手机。手机诞生于1973年，当初体积很大，重量足足有1千克，每只售价也高达4000美元。时下，手机形态发展到小巧玲珑，价格也降到普通大众能够接受的水平。手机的确成了改变世界面貌和人类生活的少数几件物品之一。

国内出现手机比较晚。1992年我到广州出差，看见有人拿着手机，是很稀罕的事情。那时流行的手机品牌是美国的摩托罗拉，形状高大像枕头，人们就叫其“枕头手机”。当时谁有台手机可了不得，这是大老板身份的象征。所以在广州的酒店、茶座里，大凡老板模样的人往那一坐，枕头手机往桌上一搁，一看俨然是个大老板。我的第一台手机也是这种型号，价格要3万多元。现在，中国的手机拥有量已经超过10亿台，高官、军人、民工以至于卖葱姜的老太，都在使用手机。以前人们出国访问、工作或留学，人长期在国外，最多用固定电话（座机）给国内的家庭或单位报平安。现在有了全球通手机，使你“无处可逃”，单位和家庭随时随地都可以通过手机找到你。智能手机还可显示视频、图像，个人隐私将暴露在光天化日之下。手机还改变了人们的习惯，以致每次开会前，主持人一定要提醒：请把手机调至振动档。据说有个集团公司违反此规定，结果有干部把“饭碗”敲掉了。手机使短信和微信的传播成为可能，大量信息在人们中间传播。为保证手机通信网的覆盖和畅通，电信公司必须在规定的距离内设立基站。打手机对人的大脑是否有害，至今没有定论，但是肯定有天量的国内外电话通话电波从空中划过。手机通话的副产品——

骚扰、窃听等现象随之不断发生，于是要求实行实名制。有的手机有 GPS 或北斗导航定位功能，可以下载各种游戏，是青少年的最爱。有手机的人生活节奏快了许多倍，有人甚至还患上了手机强迫症，不断地摆弄手机，翻看新信息。

目前全世界有一半人在使用手机。手机使得人际沟通更加便利，进而解放了人类的活动，带来更多的自由，大大方便了人们的工作和生活。据说，股神巴菲特因不会使用手机收发短信，以至于失去最后拯救雷曼兄弟公司的机会。据说，2008 年 9 月 14 日，华尔街顶级投资银行雷曼兄弟公司倒闭前夜，英国巴莱克银行主管戴蒙德曾经有意收购雷曼，但是急需“股神”巴菲特提供巨额担保。然而戴蒙德并没有按照巴菲特的要求利用传真联系，而是发了一条短信。结果巴菲特因不会使用短信这一手机功能，而错过了重要的商业机会。

手机发明者之一、2009 年西班牙阿斯图里亚斯王子奖科学技术奖获得者马丁•库珀曾语出惊人:“目前的手机技术仍然处于‘婴儿’状态。”未来，手机仍然有着巨大的发展前景。手机的未来也许在健康领域，例如对人体的检测，应对用户突发的心肌梗死，帮助用户控制心率、体重和体温。手机与国际互联网的结合，能够提高生产效率，降低互联网的成本，在社会交流中“引发一场革命”，进而“为人类的生活带来更加深刻的变化”。新技术已经改变手机的用途，能经过无线路由器上网的手机，大有取代固定电话之势。手机在不远的将来还能服务于人口和交通控制，鉴于这种情况可能导致隐私受到侵犯，各国政府对于相关技术的应用稍感犹豫。现代人使用手机，叫车快，订餐快，订票快，获得信息快，付费快，定位快，拍照快，联络快……将来手机进一步智能化，还可控制家用冰箱、电视机、微波炉、空调、车库门……

经理人

经理人是当今社会中“时髦”的职务之一。经理指有真本事的管理者，是能够把人、财、物有效地组合起来，并使财产增值的那种人。倘若经理有良好的道德水准，能正确把握边际效益、盈亏平衡点、4PS（产品、价格、渠道、促销）、SWOT分析、“挣值法”计算等方法，在商品经济社会赚取合法、合理的利润，那是天经地义的，对社会发展是有贡献的。

经理的其他素质也很重要。1996年我去德国访问，德方的经理B博士在午餐时间想用英文与我交谈，但我不会英文。可B博士没用他的母语德语啊。这事促使我回国后努力学习英文，后来我至少掌握了简单的英语会话。经理是有影响、有地位的。1999年我到香港访问前，父亲说，别家亲戚的小孩去香港，四嬷嬷都会送美金，你去也会拿到。我去了香港亲戚的公司后，四嬷嬷同我进行了长时间的亲切友好的谈话，体面地请我去大饭店共进晚餐，以后每次去也是一样的客气，一样的隆重，就是没有送给我美金，没给钱。其实原因很简单，四嬷嬷尊重我作为经理的地位，她觉得送我钱反而是看不起我。当时在内地的亲戚中，只有我一人做经理。有笑话说：“在北京掉下10块石头砸到10个人，其中有3个人是处长；在深圳掉下10块石头砸到10个人，其中有3个人是经理。”如今，经理在中国已经没啥稀奇了。我与几个资深的职业经理人谈心，我们坚定地认为：成熟的职业经理人年龄往往要超过40岁，这时他们各方面的知识、经验等才积累得比较丰富。

经理的职业操守最为重要。“做人难，难做人，人难做”，做经理人千难万难，难就难在无论何时何地总是要遵守道德和法律。经理人中有一个典型人物，即云南红塔集团的领导褚时健，为公司创造了大量财富，但后来因为几百万“说不清楚”的收入，被送进了监狱。

“三鹿奶粉、避孕黄鳝、皂粉油条、洗澡蟹、假中华、假茅台、苏丹红辣酱……我们正享受着祖辈几十代人都不曾享受过的五花八门的‘美味’。”卑劣地制造这些产品的人中，当然有经理，驱使他们如此的动力就是金钱。他们不择手段谋利，惟独不考虑道德和法律。亚当·斯密在《国富论》中肯定经理人应该追求企业利益的最大化，但他在另一本《道德情操论》中指出：“谋求利益不是无限制、无约束的，而应该建立在道德和法律的基础上。”任何经理人都不能为了一己私利而去危害人民，挑战社会道德和法律的底线。

虚　无

凋谢、病故、罹难、早逝、永别、牺牲、过世、灭亡、终结、离别、逝世、暴毙、猝死、作古、西去、夭折、谢幕、圆寂等，尽管有几十个词可以表达同一个意思——生命结束或者结束生命，但是我觉得直截了当地用那个词有点唐突，有点不太合适，于是借用“虚无”这个词来婉转过渡一下。

记得读小学时在上海黄陂北路中苏友谊馆看苏联电影《列宁在一九一八》，影片中列宁来到莫斯科的南岸米赫里逊工厂发表演讲，慷慨激昂地喊道“还有一条出路，那就是死亡。死亡不属于我们工人阶级”，获得工人们雷鸣般的掌声。但列宁刚走出工厂车间大门，女凶手范尼·卡普兰的两颗罪恶的子弹就射向了他。子弹虽然没有终结列宁的生命，但让他的身体状况大打折扣。这是我最早接触到的“死亡”情景。

小时候我与妈妈的同事山东阿姨的两个儿子经常一起玩，去外滩等地方拍照，很快乐。山东阿姨的大儿子比我年纪稍小，和我一样也是少先队中队长。后来我有段时间没有看见他，一问，他得白血病“走了”，小学都没念完。我小学、中学的女同学卢慧洁，个子高高的，刚进中学时，有一次她野营拉练肚子疼，检查后发现了肿瘤，没多久就离开了我们，那时她只是个青春少女，16 岁不到。开追悼会时，同学们正在青浦徐泾学农。这两件事使我明白，人的生命真的很奇特，病魔不管你的年龄大小。

小时候我会追问大人:“人从哪里来?”大人们往往语焉不详,总是躲躲闪闪、虚无缥缈地应付,譬如“石头缝里”“前世因缘”……很少明确地回答。后来通过自己学习科学知识,才明白每个人来到世界上既有必然性,也有偶然性。男女性交,男性的10亿个甚至更多的精子中,只有“奔在最前面”的精子才能与女性的卵子结合,再经过妇女的十月怀胎,使得一个崭新的、独一无二的生命诞生。现在生儿育女还讲究优生、优育。

生命是一条河流,从远处奔腾而来。我们身上的基因、DNA,也会告诉你其中的秘密。每个人身上都有祖父、祖母、外祖父、外祖母的基因。尽孝道,知恩图报,报答生我养我的父母亲,这是天经地义的事。

一个人的生命周期即使长到80年,也没超过3万天,与浩瀚的宇宙年龄相比实在不值一提。一个人的生命如果扣除上班、吃饭、睡觉、年少不懂事等因素,又要减去五分之二的天数,那么请问,还有几多光阴?“一万年太久,只争朝夕”的精神,激励着每个富于执行力的成功者。我们不能决定生命的长度,但是能够最大限度地拓展生命的宽度。人与人之间的差别为什么那么大,因为有的人在同样的单位时间内,多做了对得起社会、对得起人民的工作,而他必将受到社会和人民的肯定。一个人如果没有明确的人生目标,他的生命就会在浮躁和混乱中消耗殆尽。只有理解生命的内在意义和价值,才能回答人活在世上为了什么。

德国哲学家海德格尔说过,领略死亡,就是领略人生。任何事情有开始也有结束,任何人有生就有死。明白人生的本来意义不容易,反观生命的意义则更难。通过领会虚无,让生命发光,就像蜡烛一样,燃烧自己,照亮别人。一个人等到过了50岁的知天命之年才渐渐感悟到生命短促，是否太晚了？[①]

2015 年 3 月，我去日本旅游观光。导游介绍说日本民众看得比较“穿”，喜欢享乐，因为世事难料，日本是地震大国，今天不知道明天。我想想也对。我存在时对虚无可以领会，当我不存在时，又如何再去领会虚无？乐在其中是生命的造诣，享受人生者，自在则聪明，自在即安然。我再次确认到：人生只有使用权，尊重自己，善待自己，多给自己留点时间；如果生命被功名、利禄牢套，迟早会酿成悲剧。

人到哪里去？回答也是多种多样，有“向死而生”，有“死亡是哲学的缪斯”等。各种宗教对于死又有自己的解答，如轮回、彼岸世界、地狱、天堂等。连孔子都回避：“未知生，焉知死。”有了死亡，人自然会有恐惧感，为了应对恐惧感，也就产生了终极关怀。物质不灭，只是形式变换而已，宇宙、天体、生命不就是这样演化的吗？精神不死，不过影响长远而已。年轻时读到臧克家那句“有些人死了，但还活着；有些人活着，但已经死了”的诗时，还不甚了了，现在逐步理解认识到，“其实生与死在一条线上，生是过客，死是归人；生是活跃，死是睡眠”。有志者理应拥抱“为有牺牲多壮志，敢教日月换新天”的气概，对于死亡形式一定要看淡。我曾经担任过一家中型企业（1000 名以上职工）的工会副主席，凡是职工去世，我总要代表工会参加追悼会，因公去火葬场殡仪馆的机会比别人多，所以体会比较深；再则我个人的亲属去世，由我亲自送终的有一半以上。久而久之，我慢

① 作者大舅舅钱雨亮，高级工程师，年轻时在玉门油矿等地辛勤工作，平时省吃俭用。他在 69 岁发现患上胰腺癌，已是晚期。临终前，大口吐血，不省人事。为争夺遗产，其女儿几次诉讼到法院告大舅妈，想必大舅舅在天之灵，深抱遗憾。

慢认识到，人之归去本是很自然的事情。

现代医学科技已经很发达，能够通过基因检查就可以发现人将会罹患哪种疾病。某医院从美国进口设备，专门做此类检查，费用很昂贵，据说做后甚至可以预测自己的寿命。然而绝大部分人或许一辈子都没有可能寻找到正确的答案，我也不能、不想确知自己的归期。但是我一厢情愿的遗嘱是“器官捐献，遗体火化，灰撒东海”，所有的意见在适当时均写成书面文件，并会以预嘱的形式加以说明，在将来适当的时候转变为遗嘱。考虑到目前父母亲还健在，正式的遗嘱订立需要一定的时间。我想：“倘若到了那一天，有美酒、音乐、鲜花，有一两个亲人陪伴你走完那最后的一段路，安详地睡去……去天国和久违的亲人们会面，那是多么美妙而神圣的情景！当我化为灰烬，撒向太平洋，真正到达彼岸世界，岂不乐哉？”[①]

生得好，活得长，病得晚，死得快。先哲教导过我们“生不是值得庆贺的，死也不是可以恐惧的”。我以为在充分享受生活和展示自己的精神状态以后，“悄然而至，飘然而去”这种人生的来去方式，不也是一种令人赞叹的、完美的人生吗？

---

① 葡萄酒、黄酒、啤酒（品牌均待定）。音乐有《天堂之约》《等一分钟》《永远爱着你》《少先队队歌》《大海航行靠舵手》等。鲜花有郁金香、玫瑰、百合花等。所有细节会在遗嘱的文件上明确。

解“一中”

“一中”是我写文章时常用的笔名。有朋友问我，为什么要取笔名为“一中”呢？我想了一下，一中是由“一”和“中”两个字组成的，那么就从“一”和“中”说起。

“惟初太始，道立于一，造分天地，化成万物。”（《说文解字》）“一”为汉字，道教对“一”也很推崇，认为“一与道相当”，“始生于一，终复于一，所以历万变而不穷”。《道德经》的诠释则更加直截了当：“一生二，二生三，三生万物。”“一”看上去似乎简单，其实其内涵和外延极其复杂。“圣人抱一为天下式”，意即原则与方法始终如一，为天下事理范式。“曲则全，枉则直，洼则盈，敝则新，少则得，多则惑。”当今的世界博弈惊心动魄，即“一极”与“多极”之争；给跨国公司500强排名，不都是为了争第一嘛。相关事例实在举不胜举，“抱一之道，莫过如此”。

“中”的甲骨文字形像一根旗杆，上有旌旗下有飘带，旗杆正中竖立。“中，和也。”（《说文解字》）《中庸》里讲：“喜怒哀乐之未发，谓之中，发而皆中节，谓之和……致中和，天地位焉，万物育焉。”“中”可以作名词，例如中华民族、中国、中国人、居中、中西部、中产阶级等。“中”还能作动词，例如中吃、中听、射中、中奖、中标、中用等。“中当为得，中意亦通得意。”中国乃历史悠久的泱泱大国，自古以来的帝王均以为“中国是上国，中国即世界。四海之内，莫非王土”，皇帝居于中央，至高无上，各地的藩属无不前来朝拜，以至于西方国家已经发展了，清朝皇帝仍未察觉，仍然轻蔑地视他们为蛮夷，要他们来朝进贡、行跪拜之礼。闭关落后，终于酿成1840年爆发的鸦片战争，从此中国开始衰弱，真为惨痛的历史教训！

虽然“一中”作我笔名，两个字加起来不过五画，简单，但含义极为丰富：一个中华、一个中国、一个中国人……“一中”可以作为中学的简称，例如某某一中，还可能有二中、三中……“一中”还可用作名字，中国人姓氏笔画很讲究，姓后面的名字可为“一中”，例如赵一中、李一中、孙一中、钱一中等。

最初我将“一中”作为笔名时，本意只是为了方便，没有太复杂的想法。或许期望的是以一孔之见换取一箭中的，但实际上我的想法往往会脱离“靶心”。不过有一条是原来思量过的，那就是：生作一个中国人，死为一个中国魂。

黄河流域孕育过华夏文明，中原大地从来就多侠人义士。在河南开封，我与管颜明先生萍水相逢。当我提出请管先生为本书题名时，他欣然命笔，为我留下“一中集”的珍贵墨宝。（管先生是开封市大梁书画院副院长、著名书法家。）

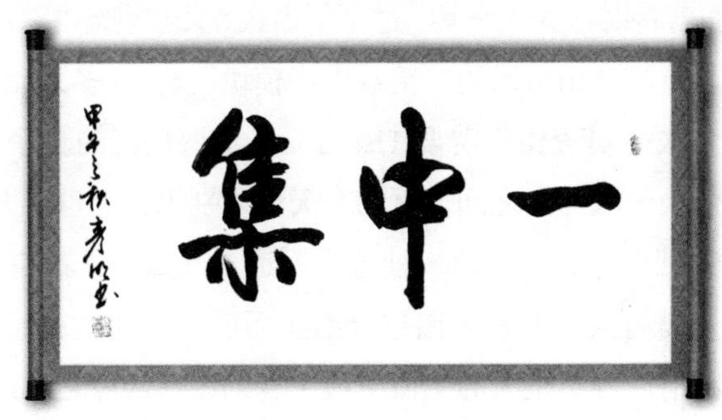

体谅贫困

这里的贫困主要指物质方面，精神方面的贫困阐释起来比较复杂。贫困以客观而朴素的方式在全世界广泛存在，关键问题是人们对贫困的态度。西方倡导“人人生而平等”的思想，其实真要做到，难度也不小。每个人受到遗传、性别、健康等先天因素局限，又受到家庭、经济、教育、地域等后天因素影响，相互之间的差别本就十分明显。

贫困是一个普遍性问题，今天看到非洲饥民的图片，有只老鹰等在一个垂死的饥饿儿童身边，真是令人发指，惨不忍睹！中国在改革开放以前，人民也饿过肚子，也饿死过许多人（如三年困难时期）。改革开放后，中国经济持续发展，但现在仍有不足。

贫困是一个永恒的话题，理论界有一个“二八定律”，即：社会上 20% 的人占有 80% 的社会财富，反之亦然。有专家进一步推论：假若将财富人人平均，过不了多久，又会重复“二八定律”现象。学习日本丰田公司的“精益生产模块”要 60 多万元；听朋友讲，高尔夫会员资格年费要 110 万元，上海松江的豪华别墅价格已经上亿……人与人之间，真的有天壤之别吗？上世纪 80 年代初，“西方管理之父”彼德·杜拉克写道：“每个人都有做经理的潜质，只是有人没有发掘出这种潜质而已。”杜拉克的观点我同意，这种潜质确实是人的生命中最主要的组成部分之一。

台湾地区首富郭台铭提倡“富不留子孙”，把自己个人财产的 90% 捐作公益。世界首富比尔·盖茨更把几乎全部的财产捐献给了慈善基金会，感动整个世界。相反，我们很少听到中国大陆

的富翁有类似的安排。

尽管中国在减少贫困方面的努力是成功的，但是现在仍有8000多万人属于贫困人口。就我个人而言，生活也是很一般、很普通的。上世纪70年代初，我第一年学徒工的月工资是16元8角1分。其实那时大家都是差不多的。现在，即使我做了几十年的经理，平时也饮食清淡，穿着也比较“大兴”，几乎不穿名牌服装；自行车也骑，公共汽车也坐，轻轨地铁也挤。名噪一时的原国有针织企业老总苏寿南曾经说过:“虽有百间房，夜睡一张床;家产千千万，每日三顿饭。”诺贝尔奖获得者阿玛蒂亚森指出:“贫困的真正含义是贫困人口的创造收入能力和机会贫困。贫困意味着贫困人口缺乏获取和享有正常生活的能力。”反过来，穷人也能“人穷志不穷”，学习本领，勤奋工作。如果富人能够帮助穷人，生活节俭，体谅贫困，无疑有助于社会更加和谐、世界更加美好。我有个“70届”朋友，他小时候与弟弟一起从在上海中山公园后门万航渡路的家步行到南京西路的翼风航模商店，就只为能站在橱窗前看一看飞机、军舰等模型——即使买不起，看看也值得。后来他成了亿万富翁，捐助云南希望学校50万元，帮助160名中学生。我那朋友的情操多么美好啊!

“富而仁，穷弥坚”，始终是社会健康、进步、发展的风向标。

中国高铁时代

1876 年，还是在清朝时期，14.5 公里长的吴淞铁路在上海建成。我六七岁时，到宁波外婆家去，交通工具只有轮船和火车两种。火车是凌晨开，慢慢地摇晃着，中午 11 点才到目的地，几百公里的路要花 10 多个小时。我 10 岁出头去西北，坐火车在下关、浦口换轮渡（南京长江大桥未通）。弹指一挥间，中国已大踏步跨进了高铁时代。如今中国掌握着高铁技术一定的知识产权，中国铁路施工、设备企业在强手如林的国际业界脱颖而出，部分项目指标已经领先世界。截至 2015 年 7 月，中国高铁运营里程已达到 1.7 万公里，为世界第一。我国高铁的建设成本是 0.3 亿美元 / 公里，而世界高铁平均建设成本是 0.5 亿美元 / 公里，因此在高铁建设的性价比上，没有国家能与我国竞争。

李克强总理访问匈牙利和埃塞俄比亚等国时推销高铁项目，大获成功。习近平主席到英国访问，提到将与英方进行高铁建设合作。2015 年 9 月，印尼方面先取消中日方案，最后确定中国成为 55 亿美元“雅万高铁”的中标方，中国高铁第一次全系统、全要素、全产业链地走出国门、走向世界。中国高铁在印尼的中标，对于“一带一路”的示范意义非同小可。

高铁技术非我国首创，西方早在研发、制造方面走在前面，而且成绩斐然。世界高铁技术巨头有日本川崎重工、法国阿尔斯通、德国西门子和加拿大庞巴迪等公司。1978 年小平同志在日本乘坐“光”号新干线时，曾赞叹道：“就是感觉快，有催人跑的意思。”就是这条新干线，由被称为“日本高铁之父”的十河信

二采用谎报造价手法骗取日本政府投资，才在1964年得以建成，而十河信二没有出席通车典礼。新干线运行至今50多年，也不是一帆风顺。1992年、1994年运营期间，新干线均发生过重大事故，有的处理方式是花重金把责任推到司机身上，以掩盖其技术设备的缺陷。再说德国、美国等国在高铁建设、运营过程中，同样发生过事故。当然，他国处理事故的有些经验值得借鉴，如“抢救人员，保护现场，查明原因，纠正措施，排除隐患，追究责任，确保安全”等。故国务院在特大事故调查报告中提出的“切实健全完善高铁安全运行的规章制度和标准，切实严把高铁技术设备安全准入关，切实强化高铁运输安全管理和职工教育培训，切实加强铁路安全生产应急管理”等意见和建议，极具针对性和科学性。

2003年中国高铁起步时，没有人会想到能在短短12年间突破2万公里。在2007年，我们中国还造不出时速350公里的轮轨机车，当年铁道部就花500亿元人民币从德国购进了500辆轮轨机车。德方很守信用，把整个工艺设计、加工设计，包括12辆（台）散件的组装工艺全部交给了中方。5年以后，我们中国经过学习和改进，终于制造出CRH和谐号的轮轨机车。为此王梦恕院士曾经诚恳地说过“德国是我们的老师傅”。当然，法国、日本、加拿大等国的技术对我国也有过很大帮助。

本人最近几年公差私旅，交通工具往往选择高铁，累计已有1万多公里的高铁旅游经验，先后坐过京沪线、哈大线、陇海线等线路。我非常欣赏高铁路途的安全、舒适、准时。有时我坐在高铁车厢里，就发呆，就回想：日本1964年建成新干线时，我们国家人民刚刚吃饱饭；1966年日本主导成立亚州开发银行时，我国正开始搞“文化大革命”；1978年我在上海红旗电影院观看邓

小平在日本坐新干线的纪录片，真是羡慕不已。想不到今天中国高铁能够获得这样巨大的成功，这是国家领导人、建设指挥者、科学家、工程师、工人等的科学决策、辛勤劳动才得来的呀！中国高铁建设迎合了时代发展的需要，在激烈的竞争中后来居上，才抢占到世界高铁建设的新高地。咱们中国人多有脸面啊！

信用卡

改革开放以后，我国从外国学习、借鉴了许多经验，其中有一样东西就是信用卡。信用卡 1915 年起源于美国，当时使用信用卡的是百货商店、饮食、娱乐等行业。1952 年，美国的加利福尼亚富兰克林国民银行首次发行银行信用卡。我国境内发行的第一张银行信用卡，是 1985 年 3 月在珠海发行的。

信用卡是商业银行向个人和单位发行的，凭此向特约单位购物、消费和向银行存取现金的具有消费信用的特制塑料卡片。信用卡又分为贷记卡和准贷记卡，贷记卡是发卡银行给持卡人一定的信用额度，准贷记卡要持卡人缴一笔备用金给发卡银行。本文中的信用卡指贷记卡。信用卡发行后大大方便了人民的生活，同时减少了现金直接支付的流量。

信用卡有别于借记卡。借记卡不可以透支，有多少金额就用多少，用完为止。信用卡则可以在预先约定的额度内透支使用，先消费后还款，但是必须按照规定偿还高于银行一般借款利率的利息。签约规定密密麻麻，一般人也懒得看。

正因为信用卡里有信用，有传统观念的人就比较慎重对待。信用是长时间积累的信任和诚信度。“言忠信而行正道者，必为天下人所心悦诚服。”《新博格雷夫经济大词典》对信用的解释是：“提供信贷意味着把某物的财产权给以让度，以交换在将来特定时刻对另外物品的所有权。”那些传统的人虽然不一定明白其中深刻的道理，但是懂得信用重要，所以往往不愿意去办信用卡。他们为了保持信用，甚至不理睬房产开发商“轻松按揭、享受新生活，零首付”的广告诱惑，就是不向银行贷款，因为担心自己“被银行把头按下去，永远揭不开锅”。他们信奉：“人到无求品自高。”英国莎士比亚戏剧也忠告人们：“不要借钱给朋友，那会失去朋友的。”意思是信用遭到破坏后，还将累及友谊。但是等到这些人存满原先可以买房的钱时，房价涨幅早已超过50%甚至更多，他们只能望房兴叹。那部分向银行贷款的人都圆了新房梦，看着房价的“日长夜大”，心里美滋滋的。当初我也贷了几十万的款买房，母亲问我：“怎么睡得着觉？”睡不着觉又怎么办？过于慎重反而受害，冒点风险轻松得益。

现在新潮的青年人虽然对信用的态度随便、淡漠，但是信用卡却受到他们的热烈欢迎，叫“玩转信用卡，信用卡一刷，好事自然来”。能够提前用还没有赚到的钱消费，对于爱享受的人无疑是福音。尤其是热恋中的年轻人，觉得与其考虑细水长流的长相厮守，不如图一时之快，更不去理会日后漫长岁月的柴米油盐。大城市本是奢侈品的云集之地，看看街上，逛逛商场，翻翻杂志，到处充满着诱惑。有些花钱似流水的手脚大的年轻人，真恨不得自己家是开银行的。这下可苦了他们的父母，遂有“啃老族”一词的发明和流行。

上世纪60年代中期家里订《支部生活》，我喜欢看最后一页的漫画和小品文。曾有人载文，批评当时个别人没有安排好生活，“三天做小开，二十七天做瘪三”。家长也常告诫自己的小孩，任何时候身边要留点“小铜钿（贴身钱）”。我有个同事从部队复员回来，为人特别豪爽。中午在食堂吃饭，他常常忘记带饭菜票，就问别人借个半斤、1斤、1元、5角的，但又常常忘记还给人家。时间一长，同事们就在背后指指点点。看似小节的事情，后来影响到了该同事的前程。用现在的话来说，就是他“信用透支”

了。信用是易失难得的，从经济角度分析信用，就是借贷的关系。你借到别人的钱或者物，得到的是别人给你的有期限的信用额度。你能够借到，是因为别人信任你。你不按时归还，叫别人以后怎么再信任你?

银行信用卡的发放本应该是很严格，其中必须有申请人的房屋产权证明、月工资收入证明等。正常情况是一个人一张卡，但是各个银行为了争夺客户，会要些“小花招”，所谓审核也是睁一只眼闭一只眼。在东方 110 电视节目中披露：有一高中教师办了 10 多张信用卡，共计透支了 90 多万元；被他冒充身份的人，一直到嫌疑人东窗事发还蒙在鼓里。那么银行在办信用卡时，审核、把关批准的人，都在干什么呢?

借个人的钱不还，损失的是信用；借银行的不还，银行的背后就是法院，你可能有违反法律的风险。信用卡在方便人的同时，弄得不好也会害人的，真是把双刃剑。

常　识

我记得儿时读过叶永烈的《十万个为什么》。该书是叶永烈20多岁时参加主编的科普书籍，评价这本科普书，说影响了一代人，也不为过。书教我们凡事都喜欢问一个为什么，问问是否符合科学道理。简单地说，凡事要问问是否符合常识。作为少先队中队长、三好学生，《十万个为什么》是我青少年时最爱读的课外读物之一。

到中学后，不知道为什么，不是红小兵的我又当上了十五班班长。我跟七班班长余曦是好朋友。为什么我们会成为好朋友呢？当时的中学热衷于“政治活动”，语文、数学、英文等正规课程均是“应付门面”。但奇怪的是，学校却给每个班级发了两张上海图书馆的借书证。我因为自小爱好读书，大概是第一次“利用职权”，给自己留了一张（当然是经过了班主任的同意）。余曦的情况和我差不多。上海图书馆在过去的跑马厅（跑马总会）里，我们两人是因为读书而成了好朋友，经常一起去图书馆博览群书，文史哲、数理化，什么书都看。嚼不碎，理还乱，我俩还经常一起讨论。中学毕业后，我服从分配，到化工土建队做泥瓦匠。余曦“掉队”病休在家。过了一段时间，他凭本事考入复旦大学新闻系，毕业后分配在新华社上海分社上班，结婚后移民加拿大，从洗碗开始，熬到成为香港《明报》记者。我结婚时余曦做我伴郎，在典礼上慷慨激昂地发表祝福辞，他是个很优秀的人才。

大家都听过“皇帝的新衣”的笑话，小孩子因为天真讲了真话，大人反而因为种种原因不说真话。我夸张地打个比方，一个

3 岁的小男孩说太阳从东边升起，但是他 80 岁的老奶奶说太阳从西边升起，那么到底谁说得对呢？实际上，社会上因为错综复杂的原因，形形色色的“老奶奶现象”并不鲜见呢。复旦大学百年校庆时，学校特邀某著名教授、博士生导师讲课。课讲得非常棒，但是幻灯片有条标题：中国人均可耕地面积是世界人均可耕地面积的四十分之一。我凭常识判断，觉得不可思议。回去网上一查，正确的数据应为 40%。话说前苏联设计的一个居民小区住房单元，里面没有套间，实际上是设计师漏掉了，但是工地主任没发觉，工人也按图施工，最后验收机关竟然顺利通过了，多么可悲！

谣言即使传一千遍也无法成为真理，因为历史的事实是改变不了的。谣言之所以是谣言，就是因为它不符合常识。谣言止于智者，是因为智者有常识。其实许多老百姓都懂得常识，如“不寒不暑，五谷不熟”。小孩子也懂得常识，而且他们可爱天真，没那么多清规戒律，所以反而不容易上当受骗。人生更像是一场马拉松比赛，任何事情都有规律和过程，“罗马不是一天建成的”，表面上“花好稻好”的事情，如果超出常识，你就必须当心注意了。违反常识，违反底线，万一引火上身，就会祸害无穷。

有人问我，你敢如此对别人品头论足、指手划脚，你算老几？我真的不算什么。刚踏上社会时，我的实际文化程度也就小学五年级。虽然后来通过自学，做过“五大生”[①]，但那毕竟是在职学习、业余学习，不像现在的全日制大学生，受过系统、全面的教育。但是话说回来，我的社会经验要比这些大学生丰富点。今天的我之所以算活得比较成功、上当比较少，还得益于叶永烈等先生编

① 五大生：指广播电视大学、职工大学、夜大学、业余大学、函授大学毕业的学生。

写的《十万个为什么》，是该书帮助我掌握了更多的常识。在此衷心感谢叶先生他们！

汽车及其他

考古者发现北京周口店挖掘的猿人头盖骨距今50万年。近年考古者又发现，东非大裂谷的猿人头盖骨距今300万年。纵然不能最后断定这些头盖骨的主人就是我们的祖先，但也足够证明人类进化时间又大大延长了。英国学者史蒂芬·霍金写过一本书叫《时间简史》，书中附有精美图画，阐述“时间无界，空间无限”的概念，内涵极其深奥。但退一步讲，人类有文字记载的历史，也不过五千年吧。可是，自从1886年德国出现第一辆卡尔·奔驰汽车以来，短短的100多年来，汽车已闹得全世界不再平静。

今天有关汽车的杂志、广告、宣传活动比比皆是，内容新颖、刺激而且充满诱惑。大部分东方人把汽车当成奢侈品，而西方人早已把汽车当作须臾不能离开的日常生活用品。中国每年的汽车产量早已超过2000万辆，名列世界第一。2009年，在世界金融危机的态势下，中国把汽车产业列入十大产业振兴规划。

“现代化在带给人们快捷、富裕和划一的同时，也派生出焦虑、失落和错乱。”汽车似乎也是这种性质的商品。目前日本和美国的丰田、通用、福特等汽车公司声名远扬。几百万美元的宾利、法拉利等世界顶级豪车之名如雷贯耳。中国一汽、二汽、上海大众、上海通用汽车等车企都在快速发展。汽车产业能带动钢铁、机械、电子、橡胶、玻璃、石化、建筑及服务业等相关产业的发展，汽车带给人们的方便和迅捷更是不计其数。但是汽车在环境污染、交通堵塞、交通事故等方面的负面影响和后果，同样不容低估。

“人无远虑，必有近忧。”汽车产业的发展远景，更加不容乐观。一百多年来，汽车、飞机、轮船等交通工具消耗掉的石油资源越来越多。眼下石油日见枯竭，已探明的地球石油储量不够目前的汽车用上40年，这还不包括即将增加的汽车产量。倘若新能源真的跟不上来，那十几、二十亿辆的汽车不就成了一堆废铜烂铁？哪怕新能源跟上来了，不管是煤制油还是粮食制油，也不能马上用到旧式构造的汽车上。有一个美国学者已经计算出，如果印度、中国等发展中国家的汽车拥有量达到西方国家的水平，那么至少需要3个地球的能源量才能保证供应。当前地球面临的更直接更巨大的现实压力是：全世界人口已经超过70亿！200多年间，地球人口净增了60亿！

解放前，我祖父担任过四明银行行长，有自备轿车接送。表哥近日告诉我，这辆车他小时候还坐过，是白色福特牌轿车。当时中国仅有5万辆汽车，哪像现在全国的汽车保有量已经超过1.7亿辆。我从小就喜欢汽车。印象较深的是1964年上海的49路公共汽车，行驶路线为从汉口路外滩到东安路龙华，车是进口“斯柯达”，捷克生产的（该品牌1991年被德国大众并购）。那辆公共汽车很有特色：烧柴油，红颜色，面包状，驾驶盘上有只小钟，双开门，而其他公交汽车是四扇门。我一上车，就喜欢挤在司机后面观摩开车。1970年我被安排到制药厂学工，主动提出做卡车装卸工。我不在乎搬运工作辛苦，为的就是能坐进那辆波兰卡车的驾驶室。1993年领导让我学习驾驶，拜的张师傅是新疆返沪知识青年，从1963年开始碰摸拖拉机和汽车，汽车的2万多个零部件拆卸了以后，他能够重新装配起来。他开的4吨卡车，能跟公交汽车尾部保持10厘米距离。能够拜他为师，学到比较扎实的驾驶技术，这是我的福气。现在，我每年仍然不忘给张师傅拜年。2008年，我家里买了辆“斯柯达”小客车。购车、上税、检测、

拍牌照、缴养路费、买保险费等手续很麻烦，然而我内心十分满足。毕竟在我小时候，能有辆自行车已是很奢侈了。

我的儿子从小接触“奥特曼”和“变形金刚”，现在对汽车已经到痴迷程度，什么新式的汽车都懂。上海还有一道风景线，就是重点中小学放学时，门口马路两边会停满奔驰、宝马及各色中档汽车，都是家长开来接学生回家的。这对学生的心理会产生什么影响呢？不得而知。我知道柬埔寨王国的西哈努克亲王 1960 年给周恩来总理写信，把自己的 3 个儿子送到中国，让他们分别做炼钢工人、翻译和技师。信中还特别提出：“我请阁下和贵国政府给予他们照顾和关怀。但是我恳切地要求你们不要给予他们任何特殊的待遇，相反的，我认为有必要让他们适应一个社会主义国家公民的普通生活。”

无数辆汽车在消耗着地球最后的石油资源。地球自然资源的枯竭，在哪一天会到来？这样的严峻现实，绝大多数人连一点感觉都没有。不过，页岩油开采技术在研究中，尽管成本较高；油电混合动力车也在逐步推广中；无人驾驶汽车、电动汽车等新能源、新技术，世界上的科学家、工程师都在积极研究之中。

纯朴·含蓄·悲壮*

《战争让女人走开》这部影片中塑造的王海成、虹妹的形象，为什么能够感动广大观众，我认为主要原因是：影片塑造的这两个形象具有纯朴、含蓄、悲壮这三大特色。

特色之一是纯朴。王海成是个来自农村的淳厚、老实的汽车兵，虹妹是个纯朴、善良的农村姑娘，千里迢迢来部队是为了与海成结婚。海成到车站后，先忙着接战友的家属，最后才去接虹妹姑娘。此时，整个车站站台上旅客已经走散，只剩下虹妹一个人。海成急匆匆奔过去，憨厚得连一句问候的话都没有说，满脸淌汗。虹妹心疼地递上一块手绢。在盛大的婚礼中，大伙嚷着要他们谈谈恋爱经过，把他们羞得谁也不愿开口。双方相持不下，最后还是虹妹唱了一曲清新的乡歌："哥哥要远行，妹妹采莲蓬……"才算了事。当王海成撇下虹妹，"从洞房里逃出来"时，营长问他为什么这样做。他只是淡淡地说："我没有沾边。"这些充满乡村泥土味的语言与动作，与王海成、虹妹的身份完全吻合，唯独表现在他们身上才是真实、自然和可信的。

特色之二是含蓄。例如车站迎送的两场戏，编导特意安排重复同样的环境与人物，两人含情脉脉。此时影片的节奏是缓慢的，画面上出现两人互相凝视的特写，静静的，仿佛整个世界都在倾听两颗心的撞击，给广大观众留下了丰富的想象余地。俗话说"久别重逢，胜似新婚"，当时在车站一见面，本该有多少话要讲：

---

* 本文曾于1987年参加建军60周年纪念"军旗颂"征文活动，获三等奖。并受到陈毅元帅之子陈昊苏的颁奖和接见。

家乡、部队、亲人……在分手的时刻，更会有许多关照、嘱托：战场、死亡、老人……然而谁也没有说什么，但是谁都说了。对于这对心心相印的夫妻来说，可谓“此时无声胜有声”。总之，“车站迎送”的表现手法委婉、含蓄、耐人寻味，充分发挥了电影“用形象说话”的特长，摆脱了近年来不少电影对白冗长的俗套，其蒙太奇手法之高超，为近年来的电影创作所罕见。

特色之三是悲壮。给观众内心以震撼、使观众灵魂得以净化的，主要是悲壮。洞房里的虹妹柔情绵绵，对海成说："咱啥也不图，就图你这颗心。”可是海成突然抱着被子离开了洞房！此时影片中出现“喜”字倾斜的画面，准确表现出虹妹肝肠寸断的悲苦心情。加之不断闪现的刚才欢闹的结婚场面，更增添了悲伤的气氛。海成因担心上战场生死未卜，刚举行婚礼就抛下了虹妹一人，这对虹妹的打击是多么沉重！这一悲剧性的画面激起了观众心中的千层浪花。王海成这位看似腼腆、实则内心坚强的战士，考虑的是“万一我光荣了，她还可以嫁人”。虹妹在了解事情的原委后，仍然表示：“我回去后就搬到你家去住。”这几句听似平常的话，却给人一种特殊的悲壮感。亚里士多德说过：“悲剧是对于一个严肃、完整、有一定长度的动作的模仿，要的是各种雕塑来提高的语言，不同的雕塑用在不同的部分；方式是通过动作，而不是通过叙述引起怜悯和恐惧，从而导致这些情感的净化。”“洞房花烛夜”这场戏，得到了这样的效果。

“君问归期未有期，巴山夜雨涨秋池。何当共剪西窗烛，却话巴山夜雨时。”李商隐的诗或许能反映现代军人的崇高品德和爱情观。影片塑造的王海成与虹妹两个形象之所以感人至深，盖源于融纯朴、含蓄、悲壮三大特色为一体。

跋

众里寻他千百度

毅丰，良师益友。他把生命里很重要、耗长时间写成的《一中集》文稿交我，嘱写跋文，为的是见证岁月及友情。人生不是活过的日子，是被铭记的时光。

跋的词意有评介、考释、鉴定意思，更不乏跋山涉水含义。就在《一中集》大作成形前夕，利好消息一再传来：《上海滩》杂志不吝篇幅，刊出他的《情系九福里》大作——浓得化不开的岁月亲情，多次追思、反复提到祖父方汝成先生，让人产生共鸣并为之动容。说到“阿爷”，毅丰脸色神情里的感恩情绪和敬意，很感染人。接着，《海上宁波人》杂志刊其新作《我的宁波阿娘》，读来满满人间烟火气，很是撩人。书中，那篇名为《砖》的文字一连让人读了多遍，反复咀嚼，品咂文中传递的气息。大道至简，沉稳行远：长达 8 年的化工建筑公司泥瓦工工作历练，锤炼了方兄吃苦耐劳的秉性。上海世博会结束不久，有幸和方兄结伴去京华览胜，途中两件小事很说明方兄个性：首都机场出来，扬招出租车，去往他身患重病的姑父寓所，看望已非常虚弱的长辈，不看风景先看病情。车到央视那“大裤衩”下，仰视建筑结构上挑出空间约70到80米的一大片悬臂，方兄咕了句专业术语，大意是这样借用空间三维，造价成本较昂贵。捧读《砖》文，久居心头的困惑找到了答案：他跟着师傅去染化二厂砌筑的烟囱，35米高，先在底下斩砖头，因烟囱是圆的，砌砖头时外宽里窄，所以砖要斩去小部分。一天干下来手发麻，泥刀都斩坏了好几把。后来师傅让他参与砌烟囱，这是个技术级别较高的人才能做的活。砌烟囱用25斤大线锤穿钢丝吊下来，线锤圆心对准基础底板预留的一个中心点，然后砌筑1米多，放上圆轨托板校正一番，到10米、15米等处停下，浇捣钢筋混凝土圈梁作为压顶，烟囱顶部还得安装避雷针等。这位带教了毅丰两年光景的严姓师傅过世前两天，在2007年初的一个大雪天，听说师傅病重的消息，方兄忍着刚摔伤2根肋骨的隐痛，带着昂贵的野山参，赶赴远在南汇郊区的师傅家，给弥留之际的师傅喂水、问候。“师傅躺在床上，已经不能进食。我给他喂水，他握着我的手，先是微笑，接着老泪纵横。看得出，他是很在意我这个时候去的……”

真挚的亲情、友情、深情，书中比比皆是。而且，方兄有君子之风。前面提及的京城之旅，他两位远在美国及澳洲、回家探病的表弟表妹同一天与我们巧遇，告别时，方兄一诺千金，与我同去地处北太平庄的某医院，看望我一位正在重症监护病房治病的好友徐以泓。当时因走得急，忘记自己是空着双手来的。偏偏下出租车时，遇到久候于医院门口的徐爸爸，坚决不让我去边上的超市买礼物，说小徐病很重，根本无法吃任何东西。上至8楼病区，怎么也没想到，方兄出人意外，把刚才他表妹送的2盒精美的国外巧克力硬塞我手，不容推辞，说是共同心意……

与方兄的松散型交往中的事，可以圈圈点点的真不少。别人以为，“平民意识，工匠精神，家国情怀”这个词组，是鄙人轻易想到的，其实不然。看了方兄的新作《12 号线开工典礼撞上 13 级台风》，脑中突然又有个叫“担当”的词与他紧密联系起来。往事成词，步入历史。方兄身上的开诚布公、直爽坦率的特征，一直让我看好。有时他的某些任性，也是一种优点。他在关键时刻的敢于作为，对于许多领域（不单单指城市管理）而言，都是不可或缺的元素。而担当，则需要科学、智慧、勇气等多种特质作为前提。

方兄繁忙工作之余，勤奋笔耕，文理兼擅，身为高级工程师、国企总经理，已有 80 多篇随笔陆续问世，其中不少佳作可圈可点。平民意识、工匠精神和家国情怀，是当下的极稀缺元素，而方兄身上是具备这些特质的。方兄博学多思，敏而好学，且从善如流。当有朋友为他篇章中若干表述提出或委婉或直接的建议时，他往往既坚持己见又勇于修正，有包容胸襟和宽博心怀。这或许是他不断晋阶、提升品位的奥秘之一吧。

4 月 24 日这天，感谢方兄，精心安排一场亲友会。包房正中，他年届九旬的双亲尽情享受小辈祝福。座席上方张贴几行亲友会字幅，所有亲友面前放置席卡，好隆重哦！欢声笑语萦绕四周，传菜服务员也受到感染，说这方家真是快乐呀。散席后约摸一两小时光景，已回到家的鄙人万万没料到：方兄与夫人小杨让儿子方自强开着车，拐进曲曲弯弯的华阳敬老院，去看望咱高龄老妈连同边上的两位阿姨，送去刚才宴席上分发的生日蛋糕及点心。到了敬老院门口，方兄来电话问，你妈住几楼哪床？并笑用独乐乐不如众乐乐的风趣语调，驱散我们全家的不安心理。当天巧遇舍妹正在现场，随后她激动来电，声音里的谢意怎么也掩饰不了。在这传统日见稀薄、无趣经常充斥的时空里，能遇见以义换情的多年兄长兼文友，实属三生有幸。就在本跋文收笔、我去电告知方兄约略情况时，又听他压低着声音，生怕影响学友听课，匆忙到走廊里接电话的语气。原来，他又在知识里跋山涉水呢。

是为跋。愿兄长收获更丰。

江妙春

2016 年 10 月

作者后记

好心的人啊，感谢你百忙中读完这枯燥乏味之文字，与我对话。

10多年前，有天晚上，老领导蒋应时对我说，一个人若做好立志、立业、立言三件事，很有意义。10年前从九华山游学回来，在合肥机场转机时，于少方同学鼓励我把人生的所知、所想、所悟写下来。当下新媒体铺天盖地，不迎自来，平面媒体似乎日趋式微。我确实担心过，现在还有人看书吗？也有熟悉我的人搞不懂我为什么要写这本书。

“谁能解我情衷，谁将柔情深种。”我写《一中集》只有一个目的，就是为了纪念我的祖父。中学同学曹嘉懿在读完《一中集》后感叹道：“在你童年的回忆中，常常提及你的祖父，像《九福里》《的哥》等文章都说到了你的祖父，由此看来你与祖父有着非同寻常的感情……从小你与父亲聚少离多，如果我没猜错的话，祖父才是你少年时代最崇拜的男性……”祖父历经晚清、民国、新中国三个时代，少年时在镇海县考中夺魁，后从练习生开始，做到四明银行上海南京路分行行长。解放后，祖父历经坎坷，仍保持浩然气节。祖父是我在这个世界没齿难忘的人，他培养我到17岁，却没有用到我赚的1分钱，这成为我的终身遗憾，而且永远无法弥补！祖父对我的恩情，岂是语言能够表达？相信大家读完我的文章，会更加了解到我对祖父的敬重不仅溢于言表，而且出自真心。

祖父是一个慈祥的老人，他是一个真君子，一个“富贵不能淫，威武不能屈”的高尚的人。祖父他“一句话，一辈子”，答应樊时勋老先生和我祖母结婚，就是一辈子。民国时，以他显赫的地位和巨大的财富，过奢侈生活在大上海理所当然，可是祖父没有。他就是尽力帮助别人，就是喜欢书法，为人儒雅，广交朋友。他陪伴祖母一起生活，五十多年如一日，特别到最后身心交瘁，走在祖母之前，临终时竟闭不上嘴巴，是放心不下祖母啊！祖父断气后，家人用热毛巾敷，还是不能让祖父闭口，最后龙华殡仪馆的师傅想法在祖父下巴处垫了一团大毛巾。

祖父在54岁风华正茂的年龄退下来，他垂范里弄，敢于担当，见贤思齐，乐于助人，崇德向善，为左邻右舍做过无数的好事，还曾得到新成区人民政府奖励。他蜗居在8平方米冬凉夏热的亭子间里，头上带着“海外关系复杂”的“帽子”，3次抄家都冲着他是“资方代理人”来。在人性的折磨、无尽的羞辱面前，祖父没有低头。他在我们面前还是笑呵呵的，教育我们做人要正派。我们的成功证明他是对的，他有理由一直笑到最后。今天九福里弄堂的八九十岁的老邻居，只要提起我祖父“方老先生”，个个翘起大拇指。1968年，我在临潼写信，开头称呼祖父时用“敬爱”这个前缀，当年祖父不同意。今天，我在祖父诞辰120周年的纪念日，特别在《一中集》的扉页上，郑重其事、恭恭敬敬地写上“敬爱”这两个字。人生起伏，世事多变，唯一不变的是我那颗永远感恩的心。

我生在新社会，长在红旗下，七八岁开始有幸得到何雪琦等老师的启蒙……快到耳顺之年，美国阿咪娘娘对我评价道：“你是我认识的最敏感的中国男人之一。我想你看到的生活和其他中国男人有很大的不同。不是每个人都有你的自我意识……”这大概就是我启蒙比较早的缘故吧。一个甲子过去，亲眼目睹不少“风云人物”轰然倒下，有的死后还留下许多骂名。我虽然不谙春秋笔法，但当知白守黑。我期望《一中集》的风格是“平实里显大气，委婉中藏犀利”。阿拉宁波人有句老话，“过头饭好吃，过头话勿好讲”。限于我的学识，文中错误缺点在所难免，望有识之士不吝赐教。

感谢尊敬的刘统老师为本书作序，老同事江妙春先生为本书写跋，大学同窗陈昌盛曾对《一中集》逐篇校对，朋友乌家俊、刘橙给以本书图文上的支持、帮助。特别鸣谢开封大梁书画院副院长管颜明先生欣然题写书名。最后要感谢妻子杨明琍，她一直鼓励我写作，是我最大的一股精神支持力量。他们说落幕就是散场，我却忍不住一直思量；他们说旧戏文已泛黄，我却当作是国色天香。

今年清明节前夕，也是本书即将付印、出版之际，家父方五康于4月1日傍晚在上海北站医院仙逝，享年91岁。他的离去给我们留下无尽的思念。丧父之痛，痛心疾首。痛定思痛，父亲走得这么突然，我想他是赶去天国与祖父、祖母等亲友相聚……我也愈发明白，“那些人、那些事会离我远去，而我终究也会远离，变成回忆”。

我祈求上苍，再赐我些时间，允我未来笔耕，我将继续“致敬历史，致敬人民，致敬善良”。

方毅丰

2017年5月5日